Urs Richle

Fado Fantastico

Roman

Bibliografische Informationen der Deutschen Nationalbibliothek:
Die Deutsche Nationalbibliothek verzeichnet diese Publikation in der Deutschen
Nationalbibliografie; detaillierte bibliografische Daten sind im Internet
über http://dnb.dnb.de abrufbar.

© 2016 Urs Richle

Die Erstausgabe dieses Romans erschien 2001
im Verlag Nagel & Kimche in Zürich.

Herstellung und Verlag:
BoD - Books on Demand, Norderstedt
http://www.bod.ch/

Umschlagbild: Café du Rond Point, Plainpalais, Genf
© Urs Richle

ISBN: 9783739222219

www.ursrichle.ch

Für Léonie, Oscar & Célestine

Es gibt Geschichten, sagt man, die auf der Straße liegen. Andere müssen mühsam aus der eigenen Erfahrung zusammengeklaubt werden. Wieder andere fliegen einem zu wie Träume. Und manch eine ereignet sich ganz leise nebenan. Die Geschichte, die ich erzählen werde, lag unter meinem Bett, genauer: ein Stock tiefer, in der Wohnung, die der unseren wie ein Schlagschatten in allen Winkeln folgt, vom langen Flur über das Entree, die Küche, das Schlafzimmer und das weite Wohnzimmer mit dem Alkoven im hinteren Teil. In dieser Wohnung lebte Francisco, ein großer, dickleibiger, schwer atmender Mann um die fünfzig, der vierzehn Jahre vor all diesen Ereignissen aus Portugal in die Schweiz gekommen war, ein unauffälliges Leben führte und eines Tages plötzlich etwas Außergewöhnliches tat. An einem strahlenden Maimorgen kochte Francisco sich einen starken Kaffee, holte im Schlafzimmer eine Pistole aus dem Schrank, wickelte diese in seinen alten Anorak und trank die Tasse in einem Zug aus. Mit dem Anorak unter dem Arm bestieg er den Bus, durchquerte die ganze Stadt, stieg am Flughafen aus, wo die Lagerhalle der Speditionsfirma steht, bei der er seit über zehn Jahren angestellt war, betrat das Büro ohne anzuklopfen, zog die Pistole und tötete seinen Vorgesetzten mit zwei Bauchschüssen. Danach ließ er sich in den Chefsessel fallen, legte die Waffe auf den Tisch und befahl der

Sekretärin, die Polizei zu rufen. Widerstandslos ließ er sich festnehmen und legte auf der Wache ein Geständnis ab.

So erzählten es mir meine Nachbarn, und zwei Tage später stand es in der Zeitung: Mord in Raten war die Überschrift, und der Journalist fragte sich in seinem kleinen Artikel, ob jahrelange Schwarzarbeit zu erhöhter Gewaltbereitschaft führe und wer dazu zur Rechenschaft zu ziehen sei.

Seither ist die Wohnung unter uns leer. Der Radiowecker, der uns regelmäßig aus dem Schlaf riss, geht morgens um halb sechs nicht mehr los, abends, wenn wir in der Küche sitzen, dröhnen die Stimmen der Fadosängerinnen nicht mehr aus seinem alten Kassettengerät durch das offene Fenster auf den Hof, und im Treppenhaus riecht es nicht mehr nach frittiertem Fisch. Manchmal, wenn ich am späten Nachmittag an der Terrasse des Café du Rond-Point vorbeigehe, habe ich für einen kurzen Augenblick das Gefühl, ihn an einem der Tische sitzen zu sehen, erkenne dann aber bloß einen Fremden, der dort raucht, Zeitung liest und ein Bier trinkt, genau so, wie Francisco es vor kurzem noch zu tun pflegte.

Das war vor bald einem Jahr. Und nun sitze ich hier, auf der Terrasse in Alfama, und schaue über den Tejo, eine Palme vor mir, ein Glas Wasser auf dem kleinen Tisch. Die Sonne prallt auf die weißen Fassaden, die Zinnen und Balkone. Die Häuser scheinen von innen heraus zu leuchten, gespickt mit dunklen Flecken der Fenster und Türen. Das Geschrei spielender Kinder hallt durch die Gassen, das Ächzen und Knarren der alten Trambahn, die durch Alfama und hinunter nach Baixa fährt. Dann ist es ruhig. Die Luft ist kühl, trotz der Sonne. Es ist Februar.

Es muss ebenfalls im Februar gewesen sein, als diese Geschichte mit einem verhängnisvollen Brief ihren Anfang nahm. Er war an Franciscos Frau Maria adressiert, aber an António, seinen Sohn, gerichtet.

António lebt im Bairro Alto. Wir haben uns gestern verabschiedet. Ein fester, warmer Händedruck. Er schaute mich an, nickte, drehte sich um und verschwand. Es gibt Augenblicke im Leben, die eine seltsame Verbundenheit, eine Art Verwandtschaft mit einem Fremden spüren lassen, ohne dass man genau sagen könnte, worauf das Gefühl gründet. Dieser Händedruck war ein solcher Augenblick.

I

Francisco schrieb den Brief spät nachts fertig, und das nach einem Tag, an dem er morgens nicht daran geglaubt hatte, überhaupt noch einmal wieder zur Arbeit gehen zu können. Er wachte pünktlich auf, obwohl sein Kopf schwer war, die Augen verklebt. Er hatte am vergangenen Abend eine Menge Bier getrunken und war vor laufendem Fernseher eingeschlafen. Die leeren Dosen standen diagonal aufgereiht im Wohnzimmer, und wie jeden Morgen versuchte er, über sie zu steigen, ohne eine von ihnen umzuwerfen. Das war seine Gymnastik, und wenn es ihm gelang, versprach der Tag gut zu werden. An diesem Morgen stieg er mit einem Schwung über den Dosenzaun, als hätte er am vergangenen Abend nur zwei der zehn aufgereihten Dosen leer getrunken, und er war zuversichtlich. Er schaltete den Fernseher aus und hörte aus dem Schlafzimmer den Radiowecker dröhnen. Eine kernige, aufreizend frisch klingende Stimme redete in einem fort, und Francisco lauschte den neuesten Nachrichten des Tages, während er sich mit beiden Händen Wasser ins Gesicht und auf die Brust klatschte. Eigentlich hatte es keinen Sinn, anzurufen, denn seit ein paar Wochen war er jeden Tag abgewiesen worden. Aber wenn er bei Medical Instruments & Co., wo er seit über zehn Jahren als Aushilfe diente, irgendwann noch einmal Arbeit bekommen wollte, dann war es seine Pflicht, täglich um Viertel nach sechs anzurufen und nachzufragen. Das war sein Einsatz, und wenn er aufgerufen wurde, dann war das sein Lohn. Er rieb sein Gesicht in dem weichen, vom Heizungskörper noch warmen Handtuch und stellte sich im Flur neben das Telefon. Das Kabel war zu kurz, um den Apparat in die Küche oder ins Wohnzimmer zu nehmen, also musste er im Stehen auf die Tasten drücken und die Klingeltöne abwarten. Er kannte die Piepsstimme der Sekretärin. Der hohe, singende, überaus künstliche Ton war ihm nach all den Jahren so vertraut, dass er ihn an den Wochenenden beinahe vermisste. An diesem Morgen sagte die Stimme wider Erwarten kurz und trocken: «Ja», was bedeutete, dass Francisco sich schnell anziehen und zum Bus hinuntereilen musste. Die letzten Tage hatte er sich nach dem Telefonat jeweils erleichtert wieder ins Bett fallen lassen und die Sorgen um Geld, Zukunft und den Sinn des Lebens auf spätere Stunden des Tages verschoben. Er war immer pünktlich, anständig und korrekt, und um keinen Preis wollte er diese Qualitäten durch einen dummen Fehltritt Schaden nehmen lassen.

Er spürte seine Lunge und sein Übergewicht im Rhythmus des Laufschritts, als er von der Bushaltestelle zur Lagerhalle hinunter hetzte. Es war lange her, dass er auf den Feldern von Almada in Turnschuhen und Jogginghose kilometerweite Runden drehte, jung, sportlich, frisch verheiratet, voller Ideen und Lebenspläne. Nun, ein halbes Leben später, war er fett, allein und, wenn er ehrlich war, ohne irgendeine frohe Perspektive. Was er erreicht hatte, war eine mehr oder weniger regelmäßige Anstellung bei Medical Instruments & Co., wo er vor bald zehn Jahren von Monsieur Oh!, dem Chef senior persönlich, für ein paar Tage als Aushilfe angestellt worden war. Er hatte sich schnell zum Spezialisten für Aushilfsarbeiten in allen möglichen und unmöglichen Fällen gemausert, und dabei war es geblieben. Oh! war einerseits eine Anspielung auf den Namen, andererseits auf den Mund des Chefs, der auch in ruhigem Zustand ein enges, verkrampftes Kreisrund bildete, als wäre er immerfort zu einem O geformt.

Als Francisco an jenem Februarmorgen nach langen Wochen der Arbeitslosigkeit in großer Erwartung von der Bushaltestelle zur Lagerhalle hinunter keuchte und durch den Haupteingang trat, spürte er plötzlich die Erleichterung, endlich wieder etwas arbeiten und Geld verdienen zu können. Er war außer Atem, aber pünktlich. Jean hatte sich bereits umgezogen, kam sofort auf ihn zu und schüttelte ihm herzlich die Hand.

«Weißt du, was passiert ist?»

Francisco verneinte keuchend, versuchte, seinen Atem zu kontrollieren, während er die Weste auszog und zur Kantine hinübertrug.

«Oh! junior ist zurück!», hörte er Jean hinter sich flüstern. Bereits früher hatte Oh! senior seinen Sohn manchmal als Aushilfe eingestellt und ihm immer gleich die Stellung des Vorarbeiters zugewiesen. Vor zwei Jahren war Oh! junior in die USA verreist, das wusste Francisco, um dort sein Studium der Betriebswirtschaft abzuschließen. Er und Jean hatten öfter darüber gespottet, ob sich Oh! junior in den USA ausbildete, weil dort die Schulen besser sein sollten oder weil er sich dort den Titel kaufen konnte. Auch Luigi und André, die anderen beiden Mitarbeiter im Magazin, wussten das nicht so genau, und jetzt war der Junior also wieder zu

Hause. Und nicht nur das, er übernahm auch prompt die Führung im Geschäft.

«Seit drei Tagen sitzt er oben im Büro des Alten», sagte Jean besorgt.

«Und wo ist der?»

«Von der Bildfläche verschwunden. Von einem Tag auf den andern, ohne Ankündigung, ohne weitere Erklärung.»

«Na und?»

«Du weißt nicht, was das bedeutet!»

«Was ist denn daran so schlimm? Oh! junior muss man nur alles immer wieder neu erklären, aber sonst bleibt doch alles beim Alten.»

«Eben nicht, jetzt wird umstrukturiert!»

«Umstrukturiert?»

«Behauptet er jedenfalls.»

«Und was soll das heißen?»

«Nichts geht wie vorher. Alles wird anders gemacht. Jeder Arbeitsschritt wird zerstückelt, verteilt und neu zusammengesetzt.»

«Wozu das denn?»

«Frag mich nicht, und frag wohl besser auch den Chef junior nicht, sonst gibt's nur Ärger. Jedenfalls ist alles komplizierter geworden, seit er da ist.»

Sie traten aus der Kantine in die Lagerhalle hinaus, und Francisco wollte nach dem Stapel Bestellungen greifen, die im Dokumentenfach vom Vortag noch übrig geblieben waren.

«Nein, lass das!», fuhr Jean ihn an.

«Wieso? Die kann ich doch schon bearbeiten, bis die nächsten Bestellungen kommen. Gemacht ist gemacht!»

«Ja, so war das früher, seit vorgestern geht jeder mit seinem Zettel los, sucht sich die Bestellung zusammen, bringt sie zum Packtisch und schnürt auch gleich das sendefertige Paket.»

«Warum das denn?»

«Frag nicht und nimm eine Bestellung. Los, an die Arbeit!» Jean drückte ihm einen Bestellschein in die Hand, nahm sich selbst einen und verschwand damit zwischen den Regalen. Etwas verdutzt stand Francisco neben dem Dokumentenfach und versuchte zu verstehen, was diese neue Arbeitsform bedeuten und worin der Vorteil liegen sollte. Als Oh! junior die Treppe herunterkam, stand Francisco noch immer neben dem Dokumentenfach und las die Bestellungen auf den restlichen Formularen.

«Etwas unklar?», hörte er den jungen Vorgesetzten fragen, ohne Begrüßung, ohne irgendein anderes Wort, dabei war es mehr als zwei Jahre her, dass sie sich gesehen hatten.

«Ich verstehe nicht ganz, Monsieur … », sagte Francisco, «ich meine … »

«Was meinen Sie?»

«Ich meine nur, dass es einfacher ist, die Ware mehrerer Bestellungen mit einem fahrbaren Regal zusammenzusuchen und an den Packtisch zu bringen, wie wir das bisher gemacht haben, dann kann nämlich ein Zweiter einen halben Tag lang packen, und die zweite Hälfte des Tages kann man die Arbeit wechseln, so hält man sich gegenseitig bei Laune.»

«Sie meinen, es ist einfacher, mit mehreren Zetteln gleichzeitig durch das Lager zu irren und alles durcheinander zu bringen, statt sich konzentriert um einen Kunden zu kümmern?»

«So habe ich das nicht gemeint.»

«Der Kunde hat Priorität, Herr Fantastico, alles andere hat sich diesem Grundsatz unterzuordnen. Und jetzt an die Arbeit! Und, Herr Fantastico», fügte er im Weggehen noch hinzu, «in der Pause kommen Sie zu mir ins Büro!»

Francisco erledigte seine Arbeit wie immer, und in der Pause betrat er pünktlich, aber ahnungslos das Büro des Monsieur Oh! senior, wo ihn Oh! junior, über den Schreibtisch gebeugt, bereits erwartete. Francisco kannte dieses Büro. Mehrmals hatte er schon hier gesessen, auf dem kleinen Metallstuhl vor dem langen Eichentisch. Er kannte das große Ölbild, das hinten an der Wand hing, ein majestätischer Blick auf ein gewaltiges Bergmassiv aus der Vogelperspektive, die dem Bild etwas Kraftvolles und seltsam Unwirkliches verlieh. Darunter saß Oh! junior und lehnte sich in dem dick gepolsterten Ledersessel seines Vaters zurück.

«Sie glauben also, Herr Fantastico, etwas von Betriebsführung zu verstehen?», fragte Oh! junior, verschränkte die Hände hinter seinem Kopf und wiegte sich im Sessel.

«Nein, Monsieur, das glaube ich nicht, es war nur, ich dachte eben ... »

«Das ist ja phantastisch, Herr Fantastico, Sie denken!» Francisco beobachtete das sarkastische Lächeln auf dem jungen Gesicht, ließ sich jedoch nicht irritieren. Seine ganze Kindheit über hatte er seines Namens wegen solche Wortspiele über sich ergehen lassen müssen, dagegen angekämpft, schließlich selbst darüber gelacht und sie zu ignorieren gelernt.

«Herr Fantastico», fuhr Oh! junior fort, da Francisco nur dasaß und auf den Boden starrte, «was haben Sie sich denn gedacht?»

«Wir haben das bisher immer so gemacht, Monsieur, es hat prima funktioniert, und ich verstehe nicht, warum wir die Bestellungen jetzt anders zusammentragen sollen. Das ist doch ein großer Zeitverlust, wenn wir mit jeder Bestellung einzeln durch das ganze Lager laufen müssen ... »

«Ich sage Ihnen eins, Herr Fantastico, Sie sind aus Portugal hierher gekommen, um Geld zu verdienen. Gut, das ist Ihr Recht. Aber unterlassen Sie in Zukunft solche Anmaßungen vor meinen Angestellten! Aus reiner Sympathie zu meinem Vater habe ich Sie heute früh kommen lassen. Ein Wort, und es stehen zehn andere vor der Tür, die Ihre Arbeit machen - für einen Bruchteil Ihres Lohns! Das muss ich Ihnen ja wohl nicht erklären!»

Oh! junior ließ seine Worte wirken, die er für überzeugend genug hielt. Francisco starrte auf den matten Linoleumboden, sagte nichts und sah unter dem Schreibtisch Oh! juniors Lederschuhe glänzen. Sie waren vorn an der Spitze etwas abgewetzt, und Francisco dachte gerade flüchtig daran, dass man sie ihm bestimmt einmal zum Putzen geben würde, als er die scharfe Stimme vor sich wieder hörte.

«Nun verschwinden Sie, und morgen pünktlich!»

Francisco schaute Oh! junior kurz in die Augen, vermeinte, einen Funken Furcht darin zu erkennen, drehte sich um und öffnete die Tür. Es ist nur ein Frage der Zeit, sagte er sich beim Hinausgehen, bis ich zum Schuhputzer degradiert werde. Francisco ging durch den langen Flur bis zur Treppe, die in die Lagerhalle hinunterführte. Am Treppenabsatz blieb er kurz stehen und schaute hinab in dieses Loch, in das er im Lauf der Jahre so häufig gestiegen war, diese finstere mit Neon ausgeleuchtete Höhle, dieses Gruselkabinett voller Schläuche, Spritzen, Windeln, Katheter und künstlicher Gelenke, dieses Universum unzähliger, undefinierbarer Plastikteile zur Versorgung des kranken menschlichen Körpers. Gerne hätte er die Menschen einmal kennen gelernt, für die er diese Gegenstände zusammenstellte, gerne hätte er gesehen, was mit den Werkzeugen und Prothesen, was mit den Spritzen und sterilen Gazen den Patienten angetan wurde, für die dieses Arsenal hier angelegt war. Wie seltsam müsste eine Begegnung mit einem Querschnittgelähmten sein, für den er seit Jahren Monat für Monat die Windelpackungen schnürte, wie wäre es, einmal selbst aus diesem Lager beliefert zu werden, krank, verletzt, verunglückt in einem Spital zu liegen und einen Katheter wieder zu erkennen, ein Messgerät, einen Schlauch am Arm, eine Seriennummer, einen Stempel, einen Kontaktkleber auf der Brust, eines jener undefinierbaren Gruselobjekte der sechsten Reihe, die spitzen Metallzähne, die Stacheln und Drähte, die elektrischen Teile, die Dioden und Digitalanzeigen, eines dieser scheußlichen Dinge irgendwo an seinem Körper eingepflanzt wieder zu finden, das wäre seltsam, erschreckend und beruhigend vielleicht gleichzeitig, die Gewissheit endlich darüber, dass diese Gegenstände tatsächlich eine Anwendung finden, dass sie nicht nur von tonnenschweren Lastwagen geladen, aus den Kartons und Holzkisten gepackt und in kleinere, leichtere Kartons verpackt, adressiert und wieder losgeschickt werden, dass sie nicht nur diesen mit Neon ausgeleuchteten Tunnel durchlaufen, in dem sie - Jean, Luigi,

André und immer wieder auch er - hin und her rannten wie Ameisen in einer sich nie ändernden Straße, dass diese ganze Mühe, die sie sich gaben, dass die Kraft, die sie für die Vertreibung dieser Gegenstände täglich verwendeten, nicht umsonst war, dass der Stein, den sie rollten, nicht immer derselbe war, sondern dass es eine Folge gab, eine Herkunft und eine Bestimmung, ein übergeordnetes System, in das sie eingebunden waren. Auch wenn die Macht des Monsieur Oh! allumfassend und engmaschig schien, musste es außerhalb dieser Grenzen etwas geben, das sie nicht durchschauten und das auch Monsieur Oh! nicht kontrollieren konnte, auch wenn es ihnen zuweilen so vorkam, als sei die ganze Welt auf diese eine voll gestopfte Lagerhalle reduziert, als würden alle Probleme und Freuden des Lebens sich an diesem einen Ort abspielen und sich auf ihn beschränken, so kamen die Lastwagen, welche die Waren lieferten, doch aus Hamburg, Amsterdam, Rom, Warschau neuerdings, und auf den Paketen, die sie versendeten, standen Orte wie Zürich, Obstalden, Niedernünigen, Mont-sur-Rolle, Yverdon, und wenn er einen der leer geräumten Lastwagen von der Laderampe wegfahren sah, überkam ihn hin und wieder ein leises Heimweh, eine alte, fast schon verdorrte Sehnsucht, und insgeheim wünschte er sich, dass einmal ein Lastwagen aus Lissabon Waren liefern würde, eine große Ladung leistungsstarker Geräte aus seinem Land, die eine solide ökonomische Beziehung belegen würde, er möchte es seiner Heimat gönnen, mit Stolz würde er die Waren abladen und sich bei jedem Stück den Umsatz für die Lissabonner Firma ausrechnen, zählend und rechnend würde er Waren aus dem Camion heraustragen und in der Halle zwischen den Regalen auftürmen, und sein Stolz würde mit jeder Ladung im Verhältnis zum ausgerechneten Umsatz steigen, er würde strahlen und aufblühen und arbeiten wie ein Tier nach so langen Jahren der Trennung, und er stellte sich vor, wie er dem Chauffeur die Hand schütteln und ihm viel Glück für die Heimreise wünschen würde, und gleichzeitig würde er innerlich zerbrechen bei der Vorstellung, dass dieser Mann, sein Freund, sich in den Sattel des leer geräumten Schleppers schwingt und sich aufmacht Richtung Frankreich, Spanien, Lissabon, auf und davon nach Alcantara, über die Brücke zu den Vierteln und Feldern von Cacilhas und Almada - vierzehn Jahre ist es her, und sein Sohn war damals sechs.

Er hörte Jeans Stimme verzerrt, leicht verzogen wie von einem Kassettenband, das sich gleich im Getriebe des Geräts verwickeln würde. Er hörte ihn seinen Namen rufen, der Schädel schmerzte, er konnte den linken Arm nicht bewegen, ein Fuß tat ihm weh, mit der rechten Hand fasste er sich an die Stirn, die Neonröhre über ihm blendete, und er schloss die Augen wieder. Ein rosa Schleier hing vor seinem Blick, und er überlegte, was das bedeuten mochte.
«Francisco! Hörst du mich? Sag was!»
Erst jetzt bemerkte er, dass er am Boden lag. Jean war über ihn gebeugt und fasste ihn am Arm, am Bein, am Rücken, am Nacken, dann wieder am Arm. Er zerrte, stieß und schob ihn an allen Gliedern hin und her, aber angenehmer wurde dadurch nichts. Der Schmerz im Kopf schoss ihm nun im Rhythmus des Pulsschlags von den Schläfen zum Nacken, als würde eine Nadel im Sekundentakt immer wieder seinen Schädel durchbohren.

«Francisco, hörst du mich, komm zu dir, sag was!»

Francisco öffnete die Augen und sah Jean über sich, sein erschrockenes Gesicht, die Panik in seinem Blick. Er versuchte zu sprechen und sah, wie Jeans Gesicht sich erst zu einer Grimasse, dann zu einem scheußlichen Lachen verzog.

«Francisco! Was machst du denn für Sachen!»

«Was denn, was denn für Sachen?», versuchte Francisco zu sagen und kämpfte gegen den Schmerz in seinem Kopf. Vorsichtig stemmte er sich mit dem rechten Arm hoch und zog den linken Arm unter seinem Rücken hervor. Vor ihm stand das Regal der siebten Reihe, und hinter ihm war die steile Metalltreppe, die zu den Büros hinaufführte. Auf der anderen Seite lag ein ganzes Regal am Boden zerschlagen.

«Bleib hier sitzen und beweg dich nicht, ich ruf einen Arzt!», hörte er Jean sagen und sah, wie dieser bereits ansetzte, die Treppen hinauf zu stürzen.

«Nein, nein, es geht schon, ich brauch keinen Arzt, keinen Arzt!», rief er schnell.

«Bleib da sitzen, bis ich wieder da bin! So wie du gestürzt bist, damit lässt sich nicht spaßen. Wer weiß, was du dir alles gebrochen hast!»

«Jean!», rief Francisco und riss alle Kraft zusammen. «Kein Arzt, Jean! Ich brauche keinen Arzt, es geht schon.»

Er zog sich am Geländer hoch, sah Jean weiter die Treppe hinauf rennen und schrie noch einmal. Jean hielt inne und drehte sich um.

«Was ist denn mit dir? Bist du okay?»

«Kein Arzt, Jean, kein Arzt, es geht schon. Komm her und hilf mir auf!»

Langsam kam Jean die Treppe herunter und griff Francisco unter die Arme.

«Ich kann keinen Arzt gebrauchen», sagte Francisco beim Aufstehen.

«Vielleicht hast du was gebrochen?»

«Ein Arzt ruiniert mich.»

«Was redest du denn da?»

«Jean, ich bin nicht versichert.»

«Was?»

«Ich habe keine Versicherung. Wenn du einen Arzt rufst, dann bin ich die nächsten Monate erledigt.»

«Aber ... Francisco!»

«Was soll's, es geht schon, gib mir ein Glas Wasser!» Jean führte Francisco in die Kantine. Francisco setzte sich auf die Holzbank, und Jean gab ihm einen dieser dünnwandigen, braunen Plastikbecher aus der Instantkaffeemaschine, gefüllt mit Leitungswasser.

«Was hast du bloß gemacht? Warum bist du denn die Treppe runtergefallen?»

«Keine Ahnung. Ich hab da nur gestanden.»

«Wo?»

«An der Treppe! Und hab hinuntergeschaut und ... »

«Und was?»

«Ach nichts. Ich kann mich nicht erinnern.»

«Das hat gekracht, sag ich dir! Ich dachte, der hat sich alle Knochen gebrochen. Ein Geräusch wie das Bersten von trockenem Holz. Du hast ja auch ein ganzes Regal mit dir runtergenommen! Geht's wieder?»

«Ja, alles in Ordnung, nur mein Schädel brummt noch. »

«Hat dich Oh! junior so mitgenommen?»

«Oh! junior?»

«Du warst doch bei ihm?»

«Ach der, ja ... »

Francisco trank den Becher aus und stellte sich wieder auf die Füße. Gebrochen hatte er sich nichts, die linke Hand war wieder zu gebrauchen, und der Schmerz in seinem Kopf hatte etwas nachgelassen.

«Komm, hilf mir erst, dieses Regal wieder in Ordnung zu bringen.»

Sie hoben die Stahlträger hoch und stellten die Konstruktion wieder in die Reihe, sammelten schweigend die zerstreuten Schachteln und Gegenstände zusammen und ordneten sie an ihre Plätze. Es wurde ein stiller, geregelter Rest des Tages. Jeder wanderte mit seinen Bestellungen andächtig durch das Lager, schnürte anschließend das Paket, legte es auf den Postwagen und griff nach dem nächsten Zettel. Die einsamen Wanderungen verhinderten jeglichen Kontakt zwischen ihnen. Jeder war mit seinem Zettel unterwegs, keiner half dem andern. Ohne viel Aufwand hatte Oh! junior in seinem Betrieb eine Isolation der Arbeiter herbeigeführt. Auch wenn der Arbeitsablauf viel mehr Zeit brauchte und sich die Bestellformulare im Dokumentenfach stapelten, arbeiteten sie doch schweigsam und konzentriert, und für diesen Nachmittag war das Francisco recht so. Er hatte keine Lust, mit irgendjemandem zu reden, nicht einmal mit Jean, der ihm angeboten hatte, am Feierabend noch ein Bier zu trinken. Der Sturz hatte ihn durcheinander gebracht. Weniger die körperlichen Schmerzen machten ihm zu schaffen als vielmehr die Tatsache, dass er beim besten Willen keine Ahnung hatte, wie und warum er die Treppe hinuntergefallen war. Und was ihn noch mehr beschäftigte, war das völlige Fehlen einer Erinnerung an das Gespräch mit Oh! junior. Alles, woran Francisco sich undeutlich erinnern konnte, war das Bild an der Wand, wie er später den langen Gang hinunter bis zur Treppe marschiert war, und er erinnerte sich daran, einem portugiesischen Freund die Hand geschüttelt zu haben, der dann in einen Lastwagen stieg und wegfuhr. Er kannte den Fahrer, und es war nicht das erste Mal, dass Felipe ihm im Traum erschien. Diesmal ging etwas Versöhnliches von ihm aus, als wolle er ihm verzeihen, als wolle er ihn, indem er als Lastwagenfahrer die Waren aus Portugal an Medical Instruments & Co. lieferte, auffordern, die Freundschaft wieder aufzunehmen. Und während er daran dachte, dass er sich, wäre Felipe noch am Leben, mit ihm versöhnen könnte, hatte er plötzlich Lust, an Maria zu schreiben. Seit vierzehn Jahren fühlte er zum ersten Mal das dringende Bedürfnis, mit seiner Frau zu sprechen, ihr mitzuteilen, was er gerade erlebt hatte. Er sehnte sich danach, gemeinsam mit ihr den alten Streit zu besiegeln. Aber darüber sprechen wollte er lieber nicht, und als Jean ihm um halb sechs auf die Schulter klopfte und ihn noch einmal zu einem Bier einlud, lehnte Francisco entschieden ab.

«Was ist denn mit dir, Francisco?», fragte Jean besorgt. «Du siehst nicht gut aus. Komm, ich lass dich heute nicht allein!» Und schließlich fuhren sie eben doch wie gewöhnlich zum Café du Rond-Point, wo man sie beide mit Namen kannte.

Der Abend war kühl, aber einige Gäste saßen draußen vor dem Café auf der Terrasse, tranken Weißwein, rauchten, redeten in der Lethargie des Abends, ließen einen Arm über die Stuhllehne hängen, drehten sich nach den Passanten um, die aus dem Tram stiegen. Jean wollte sich reinsetzen, aber Francisco bestand darauf, draußen in der Gesellschaft der Leute zu bleiben, und bestellte Bier für sie beide wie jedes Mal. Sie redeten über das jüngste Fußballspiel, wie das Wetter wohl werden würde und über das plötzliche Verschwinden des Oh! senior, den sie doch alle irgendwie mochten, auch wenn er ein raffgieriger, herrschsüchtiger, aristokratischer Gauner war. Die Wertschätzung seiner Angestellten reichte immerhin so weit wie für seinen Zweitwagen, sein Büromobiliar oder für die Ware, mit der er handelte. Die Angestellten seines Betriebs gehörten zum Inventar und kamen als mobiler Besitz in den Genuss eines gewissen Respekts. Auch wenn man ihn für seine Knauserigkeit und seine Herrschsucht hassen mochte, so musste man ihn für sein Vertrauen und seine fast väterliche Fürsorge lieben, die er für jeden Einzelnen aufbrachte. Keiner der Angestellten wäre je entlassen worden. Eher hätte Monsieur Oh! den Lohn jedes Einzelnen so weit gedrückt, bis keiner mehr richtig über die Runden kam, aber alle, und sei es nur für ein paar Stunden, Arbeit hatten.

Das alles würde sich nun ändern, fanden sie beide, und nicht nur Francisco, auch Jean schien sich Sorgen um seine Zukunft zu machen, war irgendwie nervöser, zappeliger, hatte sein Bier bereits leer getrunken und bestellte eine zweite Runde.

«Francisco», sagte Jean plötzlich, lehnte sich über den Tisch, und Francisco spürte, dass seinem Freund schon die ganze Zeit etwas auf der Zunge gebrannt haben musste.

«Du hast doch heute Morgen gesagt, dass du nicht versichert bist.»

«Ja, und?»

«Aber das ist doch gar nicht möglich. Jeder muss versichert sein, die Unfall- und Krankenversicherung ist bei uns in der Schweiz doch zwingend!»

«Nicht für mich, Jean. Und ich könnte sie mir auch gar nicht leisten.»

«Was heißt, nicht für dich? Du bist doch angestellt, lebst hier, hast eine Wohnung.»

«Ich bin nicht angestellt, Jean, und ich habe auch keine Wohnung.»

«Was meinst du damit?»

«Niemand weiß, dass ich hier bin. Eigentlich gibt es mich hier gar nicht»

«Du meinst ... du bist illegal hier?»

«Ich kann gehen, wann ich will. Ich bin ein freier Mensch, Jean. Und ich trage für mich und alles, was mit mir passiert, die volle Verantwortung.»

«Aber du bist doch schon seit über zehn Jahren hier.»

«Seit vierzehn Jahren genau. Seit vierzehn Jahren bin ich Tourist in der Schweiz.»

Über diese Vorstellung musste er lachen. Als Tourist hatte er sich noch nie gesehen. Warum war er nicht früher auf diese Idee gekommen!

«Und deine Familie?»

Francisco griff nach dem zweiten Glas Bier, nahm einen großen Schluck und wischte sich mit dem Handrücken den Schaum über der Lippe ab. Er hatte keine Lust, darüber zu reden. Es war zu lange her, zu weit weg und doch irgendwie zu nahe. In all den Jahren hatte er mit niemandem darüber gesprochen. Er war nach Genf gekommen, hatte zuerst bei einem fernen Verwandten gewohnt, dann bei Freunden, dann bei Freunden von Freunden und schließlich in der kleinen Wohnung am Rond-Point de Plainpalais als Untermieter. Er war immer ohne den ganzen Papierkram ausgekommen, ohne irgendwelche Unterschriften und Verpflichtungen. In den ersten Jahren hatte er es einmal probiert, zusammen mit einem Arbeitgeber eine Arbeitserlaubnis und eine Aufenthaltsbewilligung zu erhalten, aber schließlich hatte ihn das kleine Umzugsunternehmen fallen lassen müssen, da der Firmeninhaber selbst in illegale Geschäfte verwickelt war. Also lebte Francisco bis zum heutigen Tag offiziell in Lissabon. Wo, wusste er selbst nicht mehr so genau. Zu Beginn hatte er bei Freunden eine Briefkastenadresse gehabt, aber selbst das erübrigte sich mit den Jahren. Nun saß er hier, und Jean fragte ihn nach seiner Familie. Es fiel ihm schwer, sich seinen Sohn vorzustellen, wie er heute wohl sein mochte. Sein Sohn, der damals noch so klein war und am liebsten auf seinen Schultern saß, wenn sie unterwegs waren.

«Du hast einen Sohn? Warum hast du mir das nie erzählt?»

Francisco zögerte. Es war das erste Mal seit vielen Jahren, dass er mit jemandem darüber sprach.

«Ja, er heißt António. Er war noch ein kleiner Bengel. So klein und schon so gerissen!»

«Wann hast du ihn das letzte Mal gesehen?»

Francisco erinnerte sich wieder an den Traum, den er am Morgen gehabt hatte, sah Felipe vor sich, der ihn in der Verkleidung eines Lastwagenfahrers besuchte, spürte seinen Händedruck.

Er nahm einen großen Schluck Bier. Jean beugte sich mit verschränkten Armen über den Tisch und starrte ihn an.

«Und deine Frau?»

Am liebsten wäre Francisco jetzt aufgestanden und in seine Wohnung hinaufgegangen. Stattdessen nahm er wieder einen kräftigen Schluck.

«Jean», sagte er, klammerte sich am Glas fest und staunte selbst über die Worte, die nun folgten: «Jean, was soll ich ihr schreiben?»

Sein Freund schaute ihn an, als würde er prüfen, ob Francisco einen Scherz machte.

«Wem?»

«Was schreibt man einer Frau, die man vierzehn Jahre nicht gesehen hat?»

«Was fragst du mich? Maria ist deine Frau, du musst selber wissen, was du ihr schreiben willst.»

«Aber es ist so lange her, Jean.»

«Schreib ihr das.»

«Was?»

«Dass es so lange her ist.»

«Du meinst, sie würde sich über einen Brief freuen?»

« Vielleicht.»

«Was heißt: vielleicht?», fragte Francisco.

«Nein, bestimmt! Hast du ihr denn noch nie geschrieben? Telefoniert ihr manchmal?»

«Jean, es ist wirklich sehr lange her, dass wir uns getrennt haben. Wir haben keinen Kontakt mehr. Aber heute, weißt du, als ich die Treppe hinuntergefallen bin, da ... » Er stockte. Plötzlich war er nicht mehr sicher, was Felipe ihm sagen wollte. Warum war er ihm als Lastwagenfahrer erschienen? Und warum hatte er ihm die Hand gegeben?

«Was ist denn los mit dir, Francisco? Vielleicht solltest du doch mal zum Arzt gehen. Ich mein, wenn es am Geld liegt, ich kann dir schon was ...»

«Nein, das ist es nicht. Wie würdest du anfangen?» Jean schaute ihn besorgt an.

«Mit Liebe Maria zum Beispiel.»

«Ja, aber dann? Wie lautet der erste Satz? Was schreibt ein Mann nach vierzehn Jahren an die Frau, die er verlassen hat?»

«Francisco, wie soll ich dir helfen? Du hast mir ja nichts erzählt, ich weiß überhaupt nichts von ihr, weder wie sie aussieht noch wer sie ist.»

«Das ist es ja», sagte Francisco entmutigt.

«Was?»

«Ich weiß doch selbst nicht einmal mehr, ob ich sie noch kenne. Sie hat sich bestimmt verändert. Vielleicht hat sie wieder geheiratet.»

«Ausgeschlossen! Das ist doch gar nicht möglich, ihr seid ja nicht geschieden. Rein praktisch ist das gar nicht möglich.»

«Aber sie hat bestimmt einen anderen. Warum sollte sie auch so lange auf mich warten. Vielleicht hat sie mich sogar vermisst gemeldet und dann wieder geheiratet.»

«Ach, jetzt hör doch auf mit diesem Quatsch! Wenn du ihr schreiben willst, dann schreib ihr halt.»

«Sie hat sich bestimmt verändert in all den Jahren. Wahrscheinlich würde ich sie nicht einmal mehr wiedererkennen.»

«Wie stellst du sie dir denn vor?»

Francisco zögerte einen Augenblick, griff wieder nach seinem Bier, dann in seine Westentasche, zog ein Foto heraus und streckte es Jean hin.

«Das ist meine Frau Maria», sagte er stolz, «und das ist mein Sohn António.» Auf dem Foto hielt Maria ein kleines, mit weißen Tüchern umwickeltes Baby auf dem Arm.

«Vielleicht hat sie die Haare geschnitten. Vielleicht ist sie dicker geworden, wie du, oder dünner. Aber das Wesen, Francisco, das Wesentliche eines Menschen, das kann sich doch nicht einfach so auflösen!»

«Aber jetzt weiß ich noch immer nicht, was ich ihr schreiben soll. Sag mir einen ersten Satz, Jean. Der erste Satz ist der wichtigste, von ihm hängt alles ab. Der erste Satz bestimmt, ob ein Brief verletzend wirkt, versöhnlich oder kalt. Nach vierzehn Jahren. Wenn ich meiner Frau heute einen Brief schreiben will, dann brauche ich einen richtigen ersten Satz. Der erste Satz muss eine Wucht sein, Jean, alles andere kommt dann wie von selbst.»

Jean bestellte eine dritte Runde Bier, Papier und einen Kugelschreiber. Langsam war es kalt geworden, und sie beschlossen, nach drinnen umzusiedeln und zum Bier einen Teller heiße Suppe und zum Nachtisch die Käseplatte zu bestellen. Bis in den späten Abend erwogen sie Sätze und Wörter, notierten Wendungen, bastelten verschnörkelte Anreden, entwarfen die wildesten Formulierungen und kamen doch nie zu einem befriedigenden Ergebnis, jedenfalls nicht für Francisco. Schließlich, nach dem ersten abschließenden Grappa, beschlossen sie, dass die Anrede, trotz der unzähligen blumigen Worte, die sie inzwischen gefunden hatten, ganz einfach Liebe Maria! lauten sollte. Was dann folgte, bereitete Jean noch mehr Kopfzerbrechen als Francisco. Nach zwei weiteren Gläsern Grappa einigten sie sich auf einen der ersten Sätze, die sie zu Beginn des Abends notiert hatten, der zwar alles andere als eine Wucht war, aber einen, wie sie fanden, neutralen Einstieg bildete. Der Briefbegann so:

Liebe Maria,
Vierzehn Jahre ist es her, dass ich Dich und unseren gemeinsamen Sohn António verlassen habe.

Dann, so beschlossen sie, sollte eine kleine Schilderung von Franciscos Leben in Genf und der Arbeit bei Medical Instruments & Co. folgen. Danach ein paar abschließende Worte und Wünsche zur Gesundheit. Dies sollte Francisco zu Hause allein ausbrüten.

Für den Schluss hielten sie folgende Formulierung fest:

Liebe Maria, ich danke Dir für deine Aufmerksamkeit und bitte Dich höflichst, am kommenden 5. Mai António von mir die besten Glückwünsche zum Geburtstag auszusprechen und ihm gleichzeitig mitzuteilen, wo sich sein Vater befindet und was er dort macht.

Nach dem, wie sie sich schworen, letzten Glas Grappa gestand Francisco nämlich, dass dies der eigentliche Grund seines Schreibens sei. António war damals sechs Jahre alt gewesen.

«Und dieses Jahr», sagte er stolz, «wird er zwanzig.» Aber er wage es nicht, seinem Sohn zu seinem zwanzigsten Geburtstag zu gratulieren, ohne seiner Frau zu schreiben.

Schwankend umarmten sie sich vor dem Café. Jean wollte nicht aufhören, ihm beim Abschied auf die Schulter zu klopfen und ihm gut zuzureden, und Francisco spürte, wie sich in seinem Kopf ein Bild zusammensetzte, ein kompliziertes Mosaik rund um die Gasse in Alfama, wo sein Haus stand, verwoben und verstrickt mit Bildern aus seinem Leben, von denen er längst glaubte, sie vergessen zu haben.

Als er Jean zur Tramhaltestelle hinübertorkeln sah, schien ihm das alles plötzlich wie ein Traum, wie die Begegnung mit Felipe am Morgen, als hätten sie zusammen einfach nur ein paar Gläser getrunken, über Oh! senior, das letzte Fußballspiel und die möglichen Lottozahlen geredet und eine Suppe gegessen wie schon so oft in den letzten Jahren. Aber in der Tasche hatte er ein Stück Papier. Und als er dieses Papier oben in der Wohnung auf dem Küchentisch auseinander faltete, standen darauf die Anrede und der erste und der letzte Satz, die Jean und er sich zusammen ausgedacht hatten. Er setzte sich hin und schrieb bis spät in den frühen Morgen hinein einen langen ausführlichen Rest, den er abschloss mit den Sätzen:

Ich weiß, es war nicht richtig von mir damals, einfach wegzulaufen. Auch wenn der Fall nie ganz aufgeklärt werden wird, ich bin der einzige Zeuge, der nichts beweisen, aber Zeugnis ablegen kann: Es war ein Unfall.
  Muitas saudades
  Dein Mann Francisco

Unter PS fügte er an:

António, mein Sohn, Du bist nun erwachsen. Auch wenn Du Dich fragen wirst, was mich und deine Mutter bewogen haben mag, das Leben zu führen, das wir nun mal geführt haben und heute führen, so möchte ich Dir doch sagen, dass ich Dich, mein Sohn, über alles liebe. Geh, mach dein Leben, und mach es auf deine Weise besser.
  Dein Vater

Danach riss er das Telefonkabel aus der Dose, setzte den Radiowecker außer Betrieb, legte sich hin und schlief bis tief in den nächsten Nachmittag hinein.

II

Wahrscheinlich steht er wieder dort am Tresen seines Ladens, blättert in einem zerfledderten Comic und legt hin und wieder eine der alten Langspielplatten auf: David Bowie, Brook Benton, ABBA, Johnny Guitar Watson, Diana Ross, er hat so seine Lieblinge, die er eigentlich gar nicht verkaufen möchte. António weiß, dass er seinen Laden nur mit den Touristen über Wasser halten kann und dass das alles nicht möglich wäre ohne Silvio, der im hinteren Teil des Ladens einen Friseursalon eingerichtet hat. Ab vier Uhr nachmittags sitzen dort immer eine Hand voll Leute und warten auf ihn. Er und Silvio waren schon immer zusammen gewesen, die ganze Kindheit hatten sie zusammen in Cacilhas verbracht, hatten im Sand Gräben geschaufelt, alte verlassene Häuser aufgebrochen und zu geheimen Burgen erkoren, hatten Mädchen dorthin verführt und zusammen die ersten Zigaretten geraucht. Silvio und er hatten früh damit angefangen, eine gemeinsame Plattensammlung anzulegen. Sie durchstöberten die Märkte von Lissabon, fuhren nach Setúbal, Fátima und bis nach Porto hinauf, kauften sich bei alten, unwissenden Altwarenhändlern ganze Kisten voller Erstpressungen und Raubkopien, die seltensten und wertvollsten Stücke erwarben sie für Summen, die manchmal weit unter dem Fahrpreis lagen, den sie für die Zugfahrt ausgegeben hatten. Und nach bald zehn Jahren war eine beachtliche

Sammlung zusammengekommen, vieles noch unsortiert, ungehört, kistenweise Überraschungen, die nun im Laden auf Kunden warteten. Das Erstaunen der Ausländer stand ihnen in die Gesichter geschrieben. Nicht nur die seltenen Stücke schienen sie zu überraschen, auch die Preise, mit denen António nicht zimperlich umging. Er hatte gerade sein Studium begonnen und Silvio seine Ausbildung als Friseur abgeschlossen, und bis jetzt schien alles gut zu klappen. Seit der Eröffnung im vergangenen Sommer hatten sie ihren Umsatz stetig gesteigert, abends kamen mehr und mehr Freunde und Freunde von Freunden in die kleine Bar, die sie neben den Kleiderständern und Plattenkisten aufgebaut hatten, sie schenkten Bier aus und Portwein. Es sollte keine richtige Kneipe werden, nur ein Treffpunkt für Freunde, das, was sie früher in Cacilhas immer vermisst hatten, als sie sich in feuchten Kellern und zerfallenen Scheunen trafen, um ein paar gestohlene Biere zu trinken und die ersten Joints zu rauchen, mit einem Kribbeln in den Fingern, wenn plötzlich ein Auto auf der Straße auftauchte, mit den Scheinwerfern in die Scheune leuchtete, dann, als hätte sie jemand nur erschrecken wollen, abbog. Später die Angst, wenn plötzlich einer umkippte und ins Delirium fiel. Die Streitereien, als die ersten mit Spritzen auftauchten und vom Heroin schwärmten, sich Schüsse setzten, während andere nur dumm dastanden und dem Geschehen zuschauten wie einer Reportage am Fernsehen. Silvio setzte sich damals als erster ab, wollte mit dem ganzen Dreck nichts mehr zu tun haben.

António legte die Zeitschrift weg und drehte sich auf dem Barhocker. Silvio stand drüben vor seinen Spiegeln und putzte irgendwelche Geräte, klapperte mit Scheren, kämmte Bürsten aus, wischte Haar am Boden zusammen, rückte die Stühle zurecht. António mochte diese Stimmung am Nachmittag, wenn sie allein waren, diese eine Stunde, während die Lissabonner noch in ihren kühlen Häusern saßen, die Touristen in ihren Hotelzimmern lagen und sich dort liebten, wie sie es zu Hause nie taten. Dieser Augenblick, bevor die Menschen die Häuser wieder verließen und durch die aufgeheizten Gassen schlenderten, war wie eine Gebetsstunde, ein andächtiges Ritual des Schweigens in ihrem Laden, den sie nun seit bald einem Jahr betrieben. António stellte sich an die andere Seite der Theke und blätterte in dem kleinen, ausgefransten Spiderman-Comic, der auf dem Tresen lag. Metallene Monster zerstören heilige Museumsstätten und werden Opfer ihrer eigenen Laserwaffen. Er mochte keine Comics, und er wusste nicht, wie dieses Heft hierher gekommen war. Seit sie die Bar eingerichtet hatten und mehr und mehr Leute vorbeikamen, geschah es immer häufiger, dass irgendwelche Gegenstände irgendwo im Raum herumlagen, von denen niemand wusste, woher sie kamen, wem sie gehörten, was sie hier zu suchen hatten. Und vielleicht sollten sie eine Ecke für all diese Gegenstände einrichten, eine Art Gabentisch mit Preisschildern. Er war müde, spürte ein leichtes Ziehen im Nacken, und er wusste, dass es ein anstrengender Abend werden würde, denn er hatte Geburtstag, und seine Mutter und seine Schwester Teresa erwarteten ihn zu Hause. Silvio klapperte noch immer mit seinen Geräten. António legte eine alte Scheibe von Marvin Gaye auf und ging zu ihm hinüber. Sie hatten zwar zusammen mehrere Dachböden geplündert, Lehrer veräppelt, Feinde vertrieben und Mädchen entführt und waren über all die Jahre Freunde geblieben. Aber eines hatte ihm Silvio nie richtig verziehen, auch wenn er es fast perfekt versteckte: dass António die Mädchen mehr liebte als ihn. António hatte es verstanden, obwohl er mit Mädchen verschwenderisch umging, die Freundschaft zu Silvio nie wirklich zu gefährden. Vielleicht war es die halbwegs verlässliche Gewissheit, dass jedes Mädchen, das sich einmal zwischen António und Silvio drängte, früher oder später auch wieder gehen, António aber bleiben würde, die Silvio die zahlreichen Affären aushalten ließ, die António bis heute in ganz Lissabon anbandelte. Silvio wischte über den Spiegel und schaut sich nicht um, als António sich hinter ihn stellte.

«Ich muss gehen», sagte er und legte ihm die Hand auf die Schulter.

«Du lässt mich allein?»

«Vielleicht komm ich später noch mal vorbei, aber du weißt ja, wie meine Mutter ist. Sie hat es noch immer nicht verkraftet und glaubt, sie müsse mich bemuttern wie eh und je.»

Silvio löste sich von seinem Arm und legte die Scheren in die Schubladen eines kleinen, fahrbaren Kastens. Am Morgen waren mehrere Kisten alter Kleider reingekommen, die sie vor Wochen über eine Anzeige im Norden des Landes bestellt hatten. Nun standen sie neben den Frisierstühlen. António hatte sich vorgenommen, die Ware noch an diesem Tag zu verräumen, aber dann war es wieder blitzschnell Nachmittag geworden, und er hatte Amália versprochen, bei ihr vorbeizuschauen, bevor er zu seiner Mutter zum Essen nach Cacilhas hinausfuhr.

«Dann geh eben, aber trag wenigstens diese Kisten in die Küche raus, die stehen mir hier im Weg!»

Ein junges, nordländisches Paar trat in den Laden und schaute sich schüchtern um. Sie hatten beide diese leicht geröteten Gesichter, wie sie Touristen, die zu dieser Tageszeit die Hotelzimmer verließen, oft zeigten. Der große Blonde begann in den aufgestellten Kisten die Platten zu begutachten, das Mädchen steckte ihre Finger zwischen die hellen, leichten Sommerröcke, die mitten im Raum an einem fahrbaren Ständer hingen, und zog ein Kleid ums andere heraus. António schob die Kisten ein wenig zur Seite und packte seine Schlüssel, die Sonnenbrille und ein paar Scheine in seine Taschen, trug die Kisten dann doch in die Küche hinaus und griff nach seinem Helm. Er wusste, dass Silvio ihn an diesem Abend gerne zum Essen eingeladen hätte, schließlich wird man nur einmal zwanzig, und António hatte ihm zu seinem Geburtstag, der nun schon mehr als drei Monate zurücklag, zur Überraschung ein sehr schönes Fest mit Freunden unten am Meer organisiert. Dass er sich nicht mit einer ebenso großen Überraschung revanchieren konnte, kränkte Silvio wohl ein wenig. António machte sich nichts aus seinem Geburtstag. Was sind schon Zahlen? Diese Obsession, alles immer und immer wieder zu zählen, zu kalkulieren. Gestern war er neunzehn, heute ist er zwanzig, und nichts hatte sich verändert. Er war ein frischgebackener Student, der sein Studium mit einem Secondhandladen an der Rua Diário de Notícias zu finanzieren versuchte. Sein ganzes Leben hatte er erfinderisch sein und sich selbst helfen müssen. Seit er denken konnte, war er zwanzig, und sein ganzes Leben wird er zwanzig bleiben, oder neunzehn, oder dreiundvierzig. Er setzte sich den Helm auf und startete das Motorrad.

Es war gegen halb fünf, als er bei Amália ein Wasser bestellte und noch keine Ahnung hatte, was der Abend für ihn bereithalten sollte. Amália setzte sich neben ihn an die Bar und blätterte in einer Zeitschrift. Er legte seine Hand auf die weiche, helle Haut ihres Unterarms und führte mit der anderen ein Glas Wasser zum Mund. Amália hatte schwarz glänzendes Haar, tief dunkle Augen, aber eine elfenbeinfarbene Haut. Sie trug einen kurzen, schwarzen Rock, und ihre kleinen Brüste wölbten sich deutlich unter der dünnen, hellblauen Bluse. Sie war jünger als er, aber entschiedener und selbstsicherer. Sie kannten sich erst seit ein paar Tagen. Amália war seit zwei Monaten Kellnerin in diesem Café am Fuß des Castelo de São Jorge. Von der Bar aus konnte man über die Dächer bis zum Hafen hinunter sehen. Wenn man abends draußen auf der Terrasse saß, sank die Sonne hinter den Kränen, tauchte sie in gelbes, oranges, blutrotes, violettes Licht, und vielleicht war es dieses Licht gewesen, das Amália vergangene Woche so sanft hatte wirken lassen, als würde sie die Wärme ausstrahlen, die an jenem Abend auch nach Sonnenuntergang noch zu spüren war. Heute fühlte sich Amálias Arm kalt an, wie aus Glas. Er nahm seine Hand weg und bemerkte, dass sie ihn gar nicht anschaute, wie er glaubte, sondern dass ihr Kopf zur Seite gedreht, ihr Blick schräg auf den Tresen der Bar gerichtet war, wo eine Frauenzeitschrift lag. Er stand auf, stellte sich an die Tür und dann neben die Jukebox, las die kleinen Schilder mit den Titeln der Musikstücke und der Interpreten, fand aber nichts Passendes. Er drehte sich um, lehnte sich an den Musikkasten und verschränkte die Arme. Amália blätterte in ihrer Zeitschrift. Der Raum war leer, etwas finster bei dem gleißenden Sonnenlicht, das draußen auf die Terrasse fiel. An den Tischen, die im hinteren Teil des Restaurants bereits für das Abendessen gedeckt waren, saßen noch keine Gäste. António betrachtete Amália, wie sie da an der Bar halb stehend, halb sitzend las, umringt von den Tischen, den Stühlen, wie sie langsam die Seiten blätterte. Sie schien nicht zu lesen, ihr Blick strich nur über die Seiten, als folgten sie den komplizierten Regeln eines geheimen Spiels. Aus der Küche war das leise Brummen des Kühlschranks zu hören, das António für eine Sekunde so vorkam wie der Ton zu einem anderen Film als der, der sich hier gerade abspielte. Amália regte sich nicht, und er fragte sich, wann sie miteinander schlafen würden und ob Silvio wohl erraten hatte, dass er noch nie mit einem Mädchen geschlafen hatte, obwohl er ihn das immer hatte glauben machen wollen, und als er sich das fragte, schien ihm Amália drüben an der Bar weit entfernt, und er konnte sich nicht vorstellen, dass es jemals geschehen würde. Dieses Mädchen hatte plötzlich seltsam wenig mit der Frau zu tun, die er an jenem Abend im Licht des Sonnenunterganges gesehen hatte. Er steckte die Hand in seine Tasche und klaubte eine Münze hervor. Dieser leere Raum und dieses gläserne Mädchen hatten etwas Bedrückendes, etwas, das er irgendwie beseitigen musste, und er warf die Münze in den Schlitz der Jukebox, drückte auf irgendeine Taste und ging zu seinem Wasser zurück. Eine plärrende Stimme schmetterte nach einem kurzen Knistern zu ein paar Gitarrenakkorden aus den alten Boxen. So unerträglich diese Musik auch war, sie veränderte die Stimmung mit einem Schlag. Amália räumte das Heft weg und schaute ihn an. Er glaubte, ein Lächeln auf ihrem Gesicht gesehen zu haben, dann war ihr Ausdruck wieder so starr wie zuvor. Sein Glas war erst zur Hälfte getrunken, als er sich verabschiedete, Amália auf die Stirn küsste und in das grelle Licht hinaustrat.

Sein Helm war mit selbst eingebauten Kopfhörern ausgerüstet. Im Sattelfach hatte er mehrere CDs mit eigens dafür zusammengestellten Aufnahmen. Auch wenn er sonst kein Heavy-Metal-Fan war, um mit dem Motorrad über die Brücke des 25. April zu fetzen, gab es nichts, was dem Geschwindigkeitsrausch in ähnlicher Weise einen zusätzlichen Kick verlieh.

Teresa war bereits zu Hause, stand in der Küche und drehte sich nur flüchtig nach ihm um, als er zur Tür herein trat, den Helm auf die Kommode im Flur legte, wie er das früher immer getan hatte, und sie auf die Wange küsste.

«Schon da?», fragte sie lakonisch und schälte weiter die Karotten.

«Hast du mich nicht erwartet?»

«Schon, nur, du bist sehr früh.»

«Mama behauptet immer, ich würde dauernd zu spät kommen. Heute wollte ich mal das Gegenteil beweisen.»

«Bist ja jetzt auch ein erwachsener Junge!»

«Was heißt hier jetzt? Erwachsen bin ich, seit ich denken kann. Oder gibt es da irgendeinen Erdrutsch im Hirn, der dich plötzlich erwachsen macht? Hab ich da irgendwas verpasst?»

Er schnappte sich ein Stück rohes Gemüse, bekam von Teresa einen Klaps auf die Finger und ließ sich im Wohnzimmer in den weichen Sessel fallen. Wie immer lag auf dem niedrigen Tisch die Bola. Lustlos blätterte er durch die nach Druckerschwärze riechenden Seiten. In die elterliche Wohnung zurückzukehren, war seltsam, obwohl es doch erst ein paar Monate her war, dass António im Bairro Alto eine eigene kleine Wohnung bezogen hatte. Der Geruch der eigenen Kindheit hing in diesen Räumen, die Schwere eines ganzen Lebensalters lastete auf den Vorhängen und Vasen, den Bildern, die seit Jahren unverrückbar an den Wänden hingen und wie Ikonen einer verschrobenen Religion wirkten. Diese Vertraulichkeit, die ihm aus allen Ecken, von allen Gegenständen und Farben entgegenströmte, diese Geborgenheit hatte bereits etwas Verstaubtes. Er ging hinüber in sein altes Kinderzimmer, legte sich auf das angestaubte Sofa und den Kopf auf die Armlehne. Hier hatte er oft so gelegen und ferngesehen, gelesen und Musik gehört, davon geträumt, einmal Architektur zu studieren. Und nun hatte er es geschafft. Seit bald einem halben Jahr war er offiziell eingeschrieben und besuchte die Kurse. Endlich hatte er Zeit und die Freiheit, sich die Tage selbst einzurichten, konnte sich um den Laden kümmern, mit dem er sein Studium finanzieren wollte. Endlich konnte er über sein Leben bestimmen und sich frei in alle Richtungen bewegen. Jetzt und hier auf diesem Sofa zu liegen und diese Wände um sich herum zu sehen, hatte etwas Beruhigendes und Beklemmendes zugleich. Ein Gefühl der Leere, des Stillstands kam in ihm auf, als wäre er für einen Augenblick aus seinem Leben herausgeschnitten und in eine alte Zeit zurückversetzt. Das Bett stand noch immer dort, sein alter, verkratzter, von ihm selbst übermalter Schreibtisch unter dem Fenster, durch das er so viele Schuljahre lang auf die Fassaden des gegenüberliegenden Hauses geschaut hatte, die kleinen Betonbalkone, auf denen sich manchmal Nachbarn tummelten, denen er beim Essen, Lesen, Wäsche aufhängen zuschaute, während er über Mathematikaufgaben gebeugt saß und an das Haar des Mädchens dachte, in das er gerade verliebt war. Diese Betonfassade vor dem Fenster des Zimmers ließ ihn an diese Zeit und an Amália denken, an all die verpassten Chancen und die verwelkten Geschichten, die in diesem alten Zimmer wie ein schaler Geruch hängen geblieben waren. Und er dachte daran, dass dieses Zimmer zu einer Art Mausoleum geworden war, einer Erinnerungsstätte, einem Steinbruch seiner Kindheit. Er schloss die Tür und ging in die Küche zurück, wo seine Schwester noch immer mit dem Gemüse beschäftigt war.

«Wo ist Mama?», fragte er und schnappte sich eine Karotte.

«Sie wird gleich kommen.»

Für Teresa war er Bruder und väterlicher Beschützer zugleich. Sie hatte viele Verehrer, die ihn ärgerten. Kleine, allzu junge Machotypen, die auf nichts aus waren als Autos, Bier und darauf, hin und wieder an einem Fußballspiel zu grölen. Er hatte ihr verboten, solche Typen nach Hause zu bringen, aber seit er ausgezogen war, hatte er die Kontrolle über seine Schwester verloren. Draußen im Treppenhaus waren die Schritte der Mutter zu hören, dann das Klimpern der Schlüssel, das Klacken der Tür. Diese Geräusche waren ihm so vertraut wie die Wohnung selbst. António legte die geschälten Karotten, die ihm Teresa zum Zerkleinern hingelegt hatte, in die Pfanne und trat auf den Flur.

«António!», rief seine Mutter und stellte die Einkaufstasche ab.

Er küsste sie auf die Wange.

«Warum bist du denn so früh?»

«Du hast doch gesagt halb sieben. Jetzt ist bald sieben.»

«Ja, ich hab gesagt halb sieben, damit du um halb acht hier bist. Du kommst ja immer zu spät.»

«Man wird erwachsen.»

Sie trat in die Küche und beugte sich über die Pfannen. «Hast du alles gemacht, wie ich es dir aufgeschrieben habe?»

António sagte nichts. Er hasste es, wie sie immer alles unter Kontrolle haben musste, aber er wollte sich auf diese Diskussion gar nicht mehr einlassen.

«Du wirst noch zur besten Köchin von ganz Lissabon!»

«Ja, mindestens so gut wie Mama.»

«Aber sie ist doch die beste von ganz Lissabon, nicht wahr?»

«Ach, jetzt hört doch auf! Lasst uns erst einen Aperitif trinken. Schließlich ist das dein zwanzigster. Man wird nur einmal zwanzig.»

«Macht doch nicht so ein Drama um meinen Geburtstag! Neunzehn, zwanzig, vierundfünfzig, das sind doch bloß Zahlen!»

«Wart nur, bis du mal vierundfünfzig bist, du wirst noch an deinen Zwanzigsten denken!»

Sie nahm eine Portweinflasche aus der Einkaufstasche und stellte sie stolz auf den Tisch. Das war noch nie vorgekommen, dass sie ihren Kindern Alkohol zum Aperitif anbot. Anscheinend tat sich doch etwas, und vielleicht wurde er nun tatsächlich endlich als erwachsener Mensch behandelt.

«Mama, was ist das denn?»

«Teresa, bring drei Gläser! Und du, du setzt dich jetzt mal hier hin!» Sie schob ihn ins Wohnzimmer. António ließ sich auf das Sofa fallen.

Seine Mutter entkorkte die Flasche und füllte die Gläser. Der dunkle, sirupartige Porto war angenehm sanft, und António spürte sofort die leichte Entspannung im Nacken.

«Ich hab da was für dich», sagte seine Mutter und stand auf. Sie holte ihre Tasche aus dem Flur und streckte ihm einen Umschlag entgegen.

«Was ist das?»

«Ein Brief.»

«Das sehe ich. Aber der ist doch an dich adressiert.»

«Aber eigentlich ist er für dich, António, zu deinem Geburtstag.»

«Für mich? Und warum steht da dein Name drauf?»

«Mach ihn halt auf.»

Seine Mutter schaute ihn an. Ihr Gesicht strahlte, und gleichzeitig glaubte er Besorgnis darin zu erkennen. Teresa wurde ungeduldig.

«Na los, mach schon auf!»

Er öffnete den etwas zerknitterten Umschlag. Die Anrede lautete: Liebe Maria ...

«Und den soll ich jetzt wirklich lesen?»

Seine Mutter schaut ihn noch immer mit diesem seltsamen Ausdruck an. Er betrachtete wieder das mit einer ungelenken Handschrift bekritzelte Papier und begann zu lesen. Erst nach einigen Sätzen begriff er, von wem der Brief stammte und was er bedeuten sollte. Dann drehte er ihn um und suchte nach der Unterschrift.

«Der ist ja von Papa!»

«Was?» Teresa riss ihm das Papier aus der Hand.

«Hier, schau, das ist Papa, der hier schreibt. Mama, aber das ... das ist doch gar nicht möglich! Du hast doch immer gesagt ... Was soll das denn? Du hast doch immer gesagt ...»

Er sah seine Mutter an, wie sie da auf dem Stuhl saß, der höher war als die Polstersessel, und plötzlich schien sie ihm weit oben auf einem fernen Horst zu sitzen, unerreichbar, so wie Amália vorhin, dieses gläserne Mädchen in der Bar, das in der Stille des Nachmittags in einer Zeitschrift blätterte. Er sah ihre weiße Haut und dachte an ihr starres Gesicht. Er fühlte sich fremd dabei; an etwas ganz anderes zu denken, während ihm seine Mutter gerade zu erklären versuchte, dass sie ihn sein Leben lang angelogen hatte. Dann hörte er ihre Stimme ganz nah, voller Verlegenheit.

«Ja, anscheinend lebt er ... Es scheint ihm gut zu gehen.»

«Was heißt hier: Anscheinend lebt er! Warum hast du uns die ganze Zeit angelogen? Warum hast du uns nicht gesagt, dass er in Genf ist?»

Seine Mutter starrte zu Boden, jetzt hatte sie etwas von einem verängstigten Tier.

«Weil ich es nicht wusste.»

«Du hast immer behauptet, Papa sei beim Fischen auf dem Meer ertrunken! Warum erzählst du uns so einen Mist!»

«Ich wollte, dass ihr eine Geschichte habt, an die ihr glauben könnt.»

«Ja, tatsächlich, eine sehr schöne Geschichte!»

«Ich wusste nicht, wo er ist.»

«Du willst doch nicht behaupten, dass er seit vierzehn Jahren in Genf ist, und du weißt es nicht! Du hast uns angelogen, Mama! All die Jahre hast du uns ein Märchen erzählt! Und jetzt musst du das Geheimnis lüften? Warum gerade heute, warum nicht gestern, warum nicht morgen?»

«Ich wusste nicht, wo er ist. Ich wusste nicht mal, ob er noch lebt.»

«Das glaubst du doch selbst nicht!»

Teresa legte den Brief auf den Tisch. «Lass sie doch ausreden!»

«Ich sag es euch heute, weil ich gestern den Brief erhalten habe.»

«Aha, ein Geburtstagsgeschenk also. Eine schöne Bescherung. Unser lieber guter Papa, der eines Tages zum Fischen aufs Meer fährt und von einer Welle davongetragen wird. Was für ein schönes Märchen! Warum ist er nicht gleich mit einer Seejungfrau durchgebrannt? Und jetzt hat er die Freundlichkeit, uns mal einen kleinen Wink rüberzuschicken, hey Kinder, bin übrigens in Genf, und es geht mir blendend! Was soll der Scheiß!»

Teresa fasste ihn am Arm, aber er schüttelte sie wütend ab.

«Und jetzt sollen wir in Jubelgeschrei ausbrechen oder was? Eigentlich hätten wir ja schon viel früher drauf kommen können! Teresa, hast du nie gedacht, diese Geschichte klingt irgendwie zu kitschig? Ist dir nie die Idee gekommen, dass sich unser Papa vielleicht irgendwo weit weg ins Fäustchen lacht, während wir uns hier abrackern?»

«Lies doch erst mal den Brief! Papa will dir nur zum Geburtstag gratulieren.»

«Warum kommt er dann nicht vorbei und sagt es mir persönlich? Warum ist der Brief an Mama adressiert?» Er schaute sie wieder an. Sie hatte sich zur Stuhllehne umgedreht und ihr Gesicht im Arm vergraben. Aber er war zu aufgeregt, um sie zu schonen.

«Du hast das alles gewusst, Mama! Warum hast du uns die ganze Zeit angelogen?»

«Ich hab euch nicht ... »

«Hör doch auf, das hat doch gar keinen Zweck mehr, jetzt wissen wir's ja sowieso.»

«António ... !» Teresa versuchte wieder, ihn am Arm zu fassen.

«Vierzehn Jahre lang kein Wort, kein Zeichen, nichts, und dann sollen wir freundlich lächeln und schön danke sagen, bloß weil er uns ein Brieflein schreibt? Der soll doch herkommen und sich seiner Familie stellen, wenn er was von uns will!»

«Wer sagt denn, dass er etwas will. Er wünscht dir nur alles Gute zum Geburtstag.»

«Ach komm, der will doch was, wieso soll er denn sonst plötzlich einen Brief schreiben? Aus nostalgischen Gefühlen etwa? Hat er plötzlich Heimweh? Ach so traurige Herzschmerzen? Jetzt plötzlich, nach vierzehn Jahren? Und was soll das hier: Der Fall wird nie aufgeklärt werden, es war ein Unfall. Was war ein Unfall, was für ein Fall? Irgendwas ist daran doch faul!»

«Das ist eine alte Geschichte.»

«Was für eine Geschichte? Was verheimlicht ihr uns da? Das beweist doch, dass du die ganze Zeit gewusst hast, wo er ist. Du hast uns angelogen, Mama! Warum hast du uns die ganze Zeit angelogen?»

«Ich habe euch nicht angelogen!»

«Hör auf mit diesem Unsinn!»

Sie drehte sich um, verbarg ihr Gesicht wieder im Arm und weinte, aber António sah keinen Grund zum Heulen.

«António, beruhig dich! Wir haben ja keine Ahnung, was damals passiert ist!», sagte Teresa in einem verständigen Ton, der ihn ärgerte.

«Das ist es ja, niemand sagt uns, was los ist! Diese ganze Geheimniskrämerei! Dieses Getue geht mir auf die Nerven. Entweder du rückst endlich mit der ganzen Wahrheit raus, oder du lässt es bleiben, aber belästige uns nicht mehr mit irgendwelchen romantischen Lügengeschichten! Wir haben es bis hierher allein geschafft, und wir werden es auch weiterhin ohne diesen Typen schaffen. Jetzt kommt der plötzlich daher und behauptet, unser Vater zu sein. Er war nie unser Vater, und er wird es auch nicht mehr werden. Warum weinst du denn? Es gibt nichts zu heulen. Jetzt wissen wir, wo er ist, und wenn ihr diese alte Geschichte für euch behalten wollt, na gut. Aber deswegen brauchst du uns kein Märchen mehr zu erzählen, und damit hat sich's. Basta, fertig, aus!»

Plötzlich stand Maria auf und verschwand in ihrem Zimmer. Teresa griff wieder nach dem Brief, den sie auf den Tisch gelegt hatte, überflog ein paar Zeilen und streckte ihn ihm entgegen.

«Sei doch nicht so hart zu Mama! Irgendwas muss doch gewesen sein!»

António nahm seinen Helm und das Jackett.

«Ach, glaub du nur weiter an irgendwelche Märchen. Hast ja noch Zeit zum Erwachsen werden. Mir wird das alles zu blöd hier.» Er streifte sich die Lederjacke über und küsste seine Schwester auf die Wange. Den Brief ließ er in ihrer Hand. «Und grüß deinen Macker. Wenn irgendwas ist, du weißt, wo du mich findest. Tschau.»

«António, das Essen!»

Er schlug die Tür hinter sich zu und stürmte das Treppenhaus hinunter.

Cacilhas lag in einem sanften Abendlicht. Hinter dem kleinen, von Wohnsilos verbauten Hügel schien der Christus mit ausgebreiteten Armen in der lauwarmen Abendluft zu schweben. António raste über die Brücke des 25. April und genoss den Wind im Gesicht.

Der Laden war voll, als er in die Rua Diário de Notícias zurückkam. Silvio war mit Kunden beschäftigt, und vorne an der Kasse hatte Lydia die Führung übernommen. Jeden Abend kamen Freunde, tranken Bier, legten Platten auf, halfen an der Bar aus, die Touristen kauften die alten Sachen, Deutsche, Schweizer, Holländer, Franzosen, Italiener. Er ging hinter die Theke und griff sich ein Bier aus dem Kühlschrank. Er hatte keine Lust, mit jemandem zu reden. Aber er brauchte jetzt diese Leute um sich herum, ihre unbekümmerten Stimmen. Er wollte nicht daran denken, was eben geschehen war, er wollte keinen unnützen Gedanken an das verschwenden, was seine Mutter ihm eben eröffnet hatte. Er wollte nur ein Bier trinken und in Ruhe gelassen werden. Silvio war mit einem Haarschnitt zu Ende und wusch sich die Hände, kassierte und wischte den Stuhl für die nächste Kundin, eine Ausländerin, die kaum den Mund aufmachte, sich nur mit Kopfnicken und andeutenden Gesten zu verständigen versuchte. Silvio griff ihr ins Haar, und alles schien klar. António bewunderte ihn für sein Flair und seinen Charme, mit dem er seine Kunden bezirzte, während sie ihm auf dem Stuhl ausgeliefert waren. Silvio war ein wahrhaftiger Künstler, es war ein Genuss, sich von ihm die Haare schneiden zu lassen, denn Silvio verstand es, einem das Gefühl zu vermitteln, dass er nicht nur Haare schnitt, sondern sich dieser Aufgabe ganz und gar hingab. Diese Hingabe musste das Geheimnis seines Erfolges sein. Jeden Abend wurde sein Stuhl belagert, und an der Bar standen sie Schlange. António konnte es nicht vermeiden, den einen oder andern zu grüßen, er kannte die meisten, aber sie waren schon so in ihre Gespräche vertieft, dass er sich fast unbemerkt in eine Ecke verziehen und dort sein Bier trinken konnte. Er schaute den Leuten zu, dem Spektakel in seinem Laden. Vielleicht war es unnütz, auch noch Architektur zu studieren. Er hatte bereits gefunden, was ihm Spaß machte, er hatte sich einen Ort und ein Einkommen organisiert, das es ihm immerhin bereits fast erlaubte, sich über Wasser zu halten. Er sah Silvio, wie er ein blondes Mädchen frisierte, das ihn offensichtlich nicht verstand. Beide lachten, und als Silvio ihr den Spiegel hinhielt und einen neuen Vorschlag machte, stieß das Mädchen einen kleinen Jauchzer aus. Manchmal ging António dieses hysterische Getue, das Silvio bei den Frauen oft auslöste, auf die Nerven, aber an diesem Abend war es eine Freude, wie er dieses Mädchen zur Ekstase trieb. Als er mit ihr fertig war und das abgeschnittene hellblonde Haar am Boden zusammenwischte, ging António zu ihm hinüber, nahm ihn am Arm und zerrte ihn in die Küche.

«Silvio, du musst mir helfen!»
«Was ist denn?»
«Kannst du mir dein Auto leihen?»
«Natürlich, aber wozu denn?»
«Für ein paar Tage.»
«Für ein paar Tage? Was hast du vor?»
«Erklär ich dir später.»
«Aber ... für ein paar Tage? Gehst du weg?»
«Ich gebe dir mein Motorrad. Für die Zeit. Ich sag Lydia Bescheid, dass sie mich im Laden vertritt.»
«Wo fährst du hin?»
«Silvio, du bist ein echter Freund!»
«Kannst du nicht etwas deutlicher werden?»
«Gib mir den Schlüssel und lass die dummen Fragen!»
Silvio holte den Autoschlüssel aus seiner Jackentasche, die über einer Stuhllehne hing.

«Wann bist du wieder zurück?»
António wusste nicht, was er antworten sollte, und plötzlich wurde er unsicher. Er drehte sich noch einmal zu Silvio um und schaute ihn an. Sein Freund sah besorgt aus, etwas irritiert, aber vielleicht war das nur seine eigene Verwirrung, die er in Silvios Augen zu erkennen glaubte. Er würde warten müssen und zurückfahren nach Cacilhas, nach Hause, um am Morgen, wenn Mutter bereits bei der Arbeit war, den Brief zu holen. Und plötzlich war er sicher, dass sein Vater nicht einfach nur so geschrieben hatte. Irgendetwas

musste er ihm mitzuteilen haben, irgendetwas wollte er an ihn weitergeben, das er nicht einfach so in einem Brief formulieren und schicken konnte. Plötzlich freute António sich darauf zu erfahren, wer dieser Mann war, der so lange geschwiegen und sich nicht gezeigt hatte. Immerhin war er es, der ihn, António, gezeugt und in die Welt gesetzt hatte, und er war gespannt, was sein Vater darüber zu berichten hatte. Irgendetwas musste aus ihm ja geworden sein. Und vielleicht gab es für António nun doch noch das, woran er schon seit vielen Jahren nicht mehr glaubte: Fußstapfen eines starken Vorgängers, die es abzuschreiten und weiterzuführen galt. Vielleicht war er seine ganze Kindheit über tatsächlich ganz umsonst eifersüchtig gewesen auf all die Freunde, die einen starken Vater hatten.

Silvios alter, blaugrauer Peugeot stand unten beim Botanischen Garten. António setzte sich rein und machte die Scheinwerfer an. Hätte er als Kind gewusst, dass sein Vater weit weg in einer fremden Stadt arbeitet, er wäre umso stolzer auf ihn gewesen.

III

Francisco griff nach dem Kübel, goss das heiße Wasser über den eingeseiften Jaguar und hörte einen hässlichen Wortwechsel aus dem Innern der Villa, den er lieber ignorierte. Es war nicht das erste Mal, dass Francisco hier arbeitete, aber so hatte er seinen Vorgesetzten noch nie mit seiner Frau reden hören. Seit der Junior das Unternehmen übernommen hatte, schien es für Francisco in der Spedition keine Arbeit mehr zu geben. Er hatte den Rasen gemäht, sich um einen alten, abgeblätterten Fensterladen gekümmert, die Fenster geputzt. Das waren Arbeiten, die ihm leicht fielen, und abgesehen vom Umstand, hier in der Privatsphäre seines langjährigen Vorgesetzten wirken zu müssen, fühlte er sich seltsam leicht dabei. Es war ein alter, peinlich gepflegter Jaguar, den Monsieur Oh! hier stehen hatte. Ob er ihn wirklich fuhr, war fraglich. Als Francisco den Wagen aus der Garage holte, um ihn zu waschen, war über dem Lärm des Motors ein beunruhigendes Knattern zu hören, und Francisco war sich sicher, dass die Zylinder angefressen waren. Aber damit wollte er seinen Vorgesetzten nicht belästigen. Er war hier nicht angestellt, um automechanische Tipps zu geben. Als er damit fertig war, den Wagen mit dem Hirschlederlappen auf Hochglanz zu polieren, trat Monsieur Oh! zu ihm in den Garten. Sein graues Haar stand ihm wild zerzaust nach allen Seiten, und das Hemd hing auf einer Seite etwas aus der Hose heraus.

«Francisco, feiner Junge», sagte er und kam ganz nah an ihn heran, stützte sich mit einer Hand auf seinem Oberschenkel ab und atmete heftig. Feiner Junge hatte Monsieur Oh! noch nie zu ihm gesagt, und Francisco war diese Anrede etwas peinlich. Immerhin war er bereits über fünfzig.

«Das hast du schön gemacht. Ich habe meinen Wagen ja immer selbst gewaschen, weißt du, das hab ich mir nicht nehmen lassen, aber heutzutage, ich weiß auch nicht, und meine Lunge, hörst du, was für einen Lärm meine Bronchien veranstalten, das hat man dann von der Luftverschmutzung, aber was erzähl ich dir da, wie läuft die Arbeit?»

«Kein Problem», sagte Francisco und wollte ihn etwas aufmuntern, «Ihr Wagen glänzt wie neu.»

«Das ist fein, Francisco», sagte Monsieur Oh!, «das hast du fein gemacht. Ich bin wirklich zufrieden.»

Francisco genoss das Lob dieses alten Mannes, der ihn so oft unterstützt hatte. Er schaute zu, wie Monsieur Oh! sich in den Wagen setzte und den Motor startete. Das einsetzende Brummen wurde ganz eindeutig durch ein seltsames Kratzen begleitet, aber das schien Monsieur Oh! nicht zu stören. Er ließ den Motor zwei-, dreimal aufheulen und fuhr den Wagen dann die paar Meter in die Garage hinein. Als er den Motor ausmachte, erklang ein schwacher Knall. Monsieur Oh! stieg aus und kam zu Francisco, der gerade die Putzmittel zusammenräumte und sie ins Haus hinübertragen wollte, stellte sich neben ihn und fasste ihn am Arm.

«Hast du das gehört?»

Francisco spielte den Ahnungslosen.

«Hast du eben den Knall gehört?»

«Ja, Monsieur.»

«Du verstehst doch etwas von Motoren, nicht wahr? Was kann das sein?»

«Vielleicht ist etwas mit dem Vergaser nicht in Ordnung, Monsieur. Wenn Sie wollen, kann ich mal nachsehen.»

«Das ist lieb von dir, ich mache mir wirklich Sorgen um mein Auto, Francisco. Weißt du, das war mein erstes Auto, das ich mir vor über vierzig Jahren gekauft habe, und ich habe es bis heute gehegt und gepflegt. Ich hänge an diesem Wagen wie an einem Kind. Und es wäre zu traurig, wenn ich ihn weggeben müsste.»

«Natürlich Monsieur, selbstverständlich. Wenn Sie wollen, schau ich mir den Vergaser mal an.»

«Das ist lieb von dir. Aber für heute ist genug gearbeitet. Mach dir einen schönen Abend. Meine Frau erwartet mich zum Abendessen, lass die Sachen nur hier stehen, du wirst sie morgen sowieso noch mal brauchen. Die Hecke müsste dann auch wieder mal geschnitten werden, und in unserem Schlafzimmer sind die Fenster so schmutzig, dass ich jeden Morgen das Gefühl habe, das herrliche Maiwetter habe schon umgeschlagen. Ist das nicht traurig, so aufzuwachen?»

«Selbstverständlich Monsieur. Ich kümmere mich morgen darum.»

«Das ist nett von dir, und jetzt mach, dass du nach Hause kommst.» Er schaute ihn streng an. «Komm mal her!»

Francisco sah, wie Monsieur Oh! seine rechte Hand in die Hosentasche steckte und etwas daraus hervorkramte.

Seit Jahren wurde Francisco von Monsieur Oh! so bezahlt. Eine Geste, als strecke er ihm ein Trinkgeld hin, eine wohltätige Gabe. Francisco wartete den Augenblick ab, bis Monsieur das im Voraus abgezählte Geld aus der Hosentasche geklaubt hatte, trat einen Schritt näher zu ihm heran, ergriff dann die hingestreckte Faust. Er vermied es, das Geld sofort nachzuzählen. Es waren immer um die dreißig oder vierzig Franken, manchmal, je nach Wetter, wie ihm schien, auch fünfzig. Als er später nachsah, waren es fünfundzwanzig, und Francisco fragte sich, was Monsieur Oh! zu dieser Lohnkürzung veranlasst haben mochte, denn die Sonne stand strahlend am Himmel. Vielleicht hatte es etwas mit dem hässlichen Gekreische seiner Frau zu tun, das er am Nachmittag durch das offene Schlafzimmerfenster gehört hatte, aber vielleicht fehlte nur gerade das nötige Kleingeld, das Monsieur Oh! spätestens morgen oder übermorgen nachreichen würde.

Jean war an diesem Abend mit einem anderen Freund verabredet, und Francisco wollte den Feierabend allein zu Hause verbringen. Auf dem Weg nach Hause kaufte er sechs Helvetia Lager hell und zweihundert Gramm frischen Barsch. Pommes frites hatte er noch im Gefrierfach. Er freute sich schon auf das generöse Mahl. Das Küchenfenster stand weit offen, und als er die Tür zum Wohnzimmer öffnete, zog eine erfrischende Brise durch die Wohnung. Seit einiger Zeit fühlte er sich ganz wohl hier, auch wenn er keinen Vertrag als Mieter hatte. Diese Wohnung war sein kleines Reich geworden, wo ihn niemand belästigte, wo er niemandem Rechenschaft schuldig war. Er zahlte pünktlich und hatte seine Ruhe. Er legte die Filets in die heiße Pfanne, schob geschnittenen Knoblauch nach, schaute dem Brutzeln zu und kippte dann die noch gefrorenen Pommes frites ins siedende Öl der Friteuse.

Es war ein Festessen, und das Bier schmeckte würzig und frisch. Im Nu hatte er drei Flaschen geleert, und mit der vierten setzte er sich im Wohnzimmer vor den Fernseher. Es versprach ein spannender Abend zu werden. Der Moderator kündigte die Übertragung eines Fußballspiels zwischen Italien und Frankreich an. Francisco war weder für die Franzosen, die spielten zu kompliziert und waren ihm, wenn sie gewannen, zu selbstverliebt, noch für die Italiener, denn er kannte keinen Italiener, der nicht korrupt war. Francisco setzte gerade die Flasche an, als es an der Tür klingelte. Das versetzte ihm einen solchen Schreck, dass er etwas Bier über sein Hemd verschüttete. Er stellte die Flasche auf den Boden, kämpfte sich aus dem weichen, tiefliegenden Sessel und marschierte den langen Flur hinab zur Tür und öffnete.

Vor ihm stand ein junger, hoch gewachsener Mann.

Seine dunklen Augen und sein pechschwarzes Haar schienen auf einen Ausländer zu deuten. Was wollte der hier, was wollte dieser junge Spunt von einem alten, armen Portugiesen? Der junge Mann stand einfach nur da und schaute ihn an.

«Bonsoir», sagte Francisco, und es klang freundlicher, als er wollte.

«Papa», hörte er den jungen Mann sagen, der ihn jetzt misstrauisch anstarrte.

«Papa?», fragte der junge Mann noch einmal, und diesmal hörte Francisco die Verunsicherung aus der Stimme. Die Frage klang wie eine Bitte.

«Wer bist du? Was willst du?»

Der junge Mann stand noch immer einfach nur da und starrte ihn an. Dann bemerkte Francisco die Tränen in seinen Augen.

«Ich bin António», sagte er dann auf Portugiesisch, «dein Sohn.»

«António? ... du bist António?», rief Francisco und wechselte ebenfalls sofort die Sprache, «du bist es wirklich?»

Dann standen sie da, starr wie Salzsäulen, und fixierten sich. Keiner von beiden wagte sich zu bewegen, jede Geste, jede Bewegung schien lächerlich. Francisco war es, der dann endlich seinen Arm hob, António an der Schulter fasste, ihn aber nur leicht berührte und zur Tür herein dirigierte.

«Willkommen», sagte er etwas zittrig und schob António an sich vorbei in die Wohnung.

António ging bis zur Küche vor und blieb dort verlegen stehen, setzte an, um etwas zu sagen, ließ es aber bleiben und schaute sich um.

Francisco schüttelte den Kopf. «António! Du bist es tatsächlich?»

António schaute ihn mit großen Augen an und suchte nach einem Ort, wo er sich hinstellen konnte.

«Komm, setz dich hier ins Wohnzimmer. Willst du ein Bier? Ich hab grad welches im Kühlschrank.»

Das schien António zu gefallen, denn er nickte heftig.

Francisco brachte ihm eine kühle Flasche, bot ihm einen Stuhl an und ließ sich in seinen Sessel fallen, griff nach seinem Bier. Im Fernseher berichtete der Nachrichtensprecher von einem Erdbeben und von Waldbränden. António nahm einen Schluck und starrte ihn wieder an. Francisco sah, wie die Leute aus eingestürzten Häusern heraus krochen, wie schreiende Mütter verletzte Kinder in den Armen hielten, sah, wie der Reporter ins Mikrophon redete, wie er seinen Mund bewegte, und er hörte Antónios Stimme sagen: «Können wir nicht den Fernseher ausmachen?»

«Aber ja doch.»

Francisco griff nach der Fernbedienung und drückte auf den roten Knopf. Die plötzliche Stille schien ihm noch lauter. Er hob die Bierflasche und nahm einen Schluck. Er schaute seinen Sohn an. Jetzt erkannte er ihn wieder, um die Augen herum war etwas, das ihn an das Foto erinnerte, das er von ihm hatte. Die Gesichtspartie, das war ihm schon früher aufgefallen, darin ist immer etwas bereits von Geburt an ausgeprägt, die Proportionen, ein gewisser Ausdruck, und jetzt, wo er ihn so anschaute, sah er auch Maria wieder. António hatte schon immer seiner Mutter geglichen, und das tat er auch heute noch. António saß da und schaute ihn an.

«António», setzte Francisco noch einmal an, «wie kommst du hierher? Was machst du hier? Wie hast du mich gefunden?»

«Du hast uns einen Brief geschrieben, Papa. Hast du das etwa vergessen?»

«Ach ja, der Brief.»

«Danke für die Geburtstagswünsche.»

«António, entschuldige, es tut mir leid.»

«Was tut dir leid?»

«Ach...» Francisco spürte kalten Schweiß im Nacken, fuhr sich mit der linken Hand darüber, hielt sich mit der rechten an seinem Bier fest. Wie groß sein Sohn geworden war, ein so schlanker Junge, und wie fett und alt er selbst sich in diesem Augenblick fühlte. Plötzlich hatte er das Gefühl, wie ein schlaffer Sack in seinem Sessel zu liegen, tonnenschwer, und er schämte sich seiner Hässlichkeit.

«Ich bin so überrascht, so überwältigt», sagte er mit Schwung, um dieses Gefühl zu überspielen, «ich kann es gar nicht fassen! Du warst noch so klein, als ... als ... Und jetzt, jetzt bist du ein so großer, hübscher Junge!»

Francisco hatte Mühe, sich zu beherrschen. Er spürte, wie sich seine Augen mit Tränen füllten, was ihm peinlich war, und wie seine ganze Körperfülle plötzlich von einem Beben erfasst wurde, das er nicht beherrschen konnte. Er spürte, wie es durch seinen Körper ging, wie es ihn schüttelte und hin und her riss. Was ihm sein ganzes Leben noch nie passiert war, widerfuhr ihm jetzt, jetzt, da er vor seinem ausgewachsenen Sohn saß: er heulte und schämte sich in Grund und Boden.

Es dauerte, bis er sich wieder etwas fassen konnte, aber er wagte es nicht, seinem Sohn ins Gesicht zu schauen. Nie hatte er sich so nackt und so heruntergekommen gefühlt wie in diesem Augenblick.

«Entschuldige», sagte er und putzte sich das nasse Gesicht an seinem Hemdsärmel ab.

«Und wie geht's mit der Arbeit?», fragte António plötzlich. «Du hast von einer Firma geschrieben. Medical irgendwas. Medizinische Geräte. Arbeitest du noch immer dort?»

«Ja, dort arbeite ich seit sieben Jahren.»

«Als Maschinenbauer?»

«Nein, nicht direkt, das heißt ... Aber erzähl mir von dir, ich weiß ja gar nichts. Was machst du, was hast du gelernt, was sind deine Pläne?»

«Ich bin an der Uni», sagte António stolz, und Francisco hob endlich den Kopf.
«So, du studierst?»
«Ja, Architektur.»
«Architektur also. Ja, das hätte ich auch gerne studiert, ein sehr schönes Metier, aber dann hat's nur für die Ausbildung in Maschinenbau gereicht. So hab ich halt Mechaniker gelernt und bin schließlich in der Werft gelandet. Aber erzähl mir von zu Hause. Wie geht es Maria?»
Darüber wollte António nicht richtig Auskunft geben, aber nach und nach erzählte er eins nach dem anderen. Francisco fragte ihn nach seinen Lehrern aus, die er selbst noch zu seiner Schulzeit erlebt hatte, fragte nach Kollegen und Nachbarn, wollte wissen, was António für Zukunftspläne habe. So erfuhr Francisco, dass sein Sohn einen kleinen Laden führte, dass er sich damit das Studium finanzieren wollte und dass er mit einem homosexuellen Friseur zusammenarbeitete. Langsam war António gesprächig geworden, und als Francisco ein zweites Bier aus dem Kühlschrank holte, schien ihm die Wohnung plötzlich viel heller und angenehmer, belebter, obwohl es inzwischen bereits dunkel geworden war. Den ganzen Abend über redeten und redeten sie. Francisco wollte alles über seinen Sohn erfahren, über Maria, über das Haus, von dem António aber nichts wusste, und das Leben in Lissabon. Und an diesem Abend erfuhr Francisco, dass er eine Tochter hatte. Maria musste also, was Francisco nie erfahren hatte, schwanger gewesen sein, als er sie verließ. Aber richtig glauben konnte er das nicht.
Als im Kühlschrank kein Bier mehr war und sie gemeinsam beschlossen, sich zur Ruhe zu legen, bot Francisco seinem

Sohn das Sofa neben dem Fernseher an und holte Decken. Aber António zog es vor, sich auf das harte Parkett zu legen.

«Wie du willst», sagte Francisco, legte seine Hand auf Antónios Schulter, und es war wie ein Versöhnung nach jahrelangem Streit und Kampf. Er spürte, wie er innerlich aufatmete und sich leicht und schwerelos fühlte wie schon lange nicht mehr.

«Papa», sagte António, als er das Wohnzimmer verlassen wollte. Francisco drehte sich um. António stand vor ihm, mit den Decken in der Hand, ein erwachsener, großer, kräftiger Junge, der sein Sohn war. Francisco war stolz auf ihn.

«Papa», sagte sein Sohn, «warum bist du damals weggegangen?»

Francisco schaute António in die Augen. Er spürte, dass in dieser Frage kein Vorwurf lag. Es war eher, als würde António ihn am Arm, am Hosenbein zerren wie damals, als er noch ein kleiner Junge war und etwas von ihm wollte. Es war eine Frage voller Hoffnung, und eigentlich wollte er sie nicht enttäuschen. Trotzdem sagte Francisco mit ruhiger und fester Stimme: «Lass uns ein andermal darüber reden, António. Schlaf gut.»

Dann verließ er das Zimmer und schloss die Tür hinter sich.

Als António aufwachte, schien ihm die Sonne ins Gesicht. Neben ihm standen die vielen Bierflaschen am Boden, die sein Vater und er geleert hatten. Er zog die Hose an und lehnte sich über das Sims weit zum Fenster hinaus. Es war ein prachtvoller Maitag, aber von diesem Fenster aus schaute man nur auf die Fassade des gegenüberliegenden alten

Hauses. Auf dem Küchentisch fand er einen kleinen Zettel, der mit derselben ungelenken Schrift, die er bereits vom Brief her kannte, beschrieben war:

Bin bei der Arbeit, komme gegen halb sieben wieder, mach's dir bequem, fühl dich wie zu Hause! Papa.

«Papa» war zweimal unterstrichen. Neben dem Zettel lag ein Schlüssel. Er steckte beides in die Hosentasche. Der Kaffee im italienischen Kocher war noch warm, und António goss sich eine Tasse ein. Jetzt, bei Tageslicht, sah er, wie bescheiden und einfach hier alles war und dass die Küche vor Sauberkeit nicht gerade blitzte. Im Spülbecken lagen Reste von Fisch und Pommes frites, ein fettiger Teller, etwas Besteck. Leere Bierflaschen und alte Dosen stapelten sich rund um den Abfalleimer. Obwohl das Brot, das er im Schrank in einem Körbchen fand, trocken und hart war, schnitt er sich eine Scheibe davon ab und suchte im Kühlschrank nach Butter und Marmelade. Da sie am vergangenen Abend den ganzen Biervorrat geleert hatten, war der Kühlschrank fast leer. Neben der Butter lagen noch eine angeschnittene Wurst, ein welker Blumenkohl und ein paar Dosen Thunfisch. Als António im Küchenschrank nach einem Teller und einem Messer suchte, huschten ein paar Kakerlaken über das Regal. Er nahm einen Teller und spülte ihn ausgiebig, bevor er sich an den Tisch setzte und zu frühstücken begann. Er trank den lauwarmen Kaffee und schaute sich in der Küche um. Er hatte sich seinen Vater in einer großen, hellen, schönen Wohnung vorgestellt, vielleicht sogar mit einer Frau, einer Schweizerin womöglich, und mit modernen Möbeln.

Er hätte sich gewünscht, dass sein Vater ihm von der Firma, von seiner Arbeit und seinen Plänen erzählte. Stattdessen hatte ihn sein Vater den ganzen Abend über nur ausgefragt und auf seine Fragen nur ausweichende Antworten gegeben. António hatte ihm alles erzählt, wie es zu Hause in Cacilhas war, was sich verändert hatte, und was er selbst für ein Leben führte. Aber von seinem Vater wusste António noch immer nichts. Das fiel ihm jetzt auf, als er an diesem kleinen Tisch saß und auf den schmutzigen Gasherd in der Ecke starrte, die von Fetträndern verzierten Kacheln, die ausgeleierten Fenster. Auf dem Kühlschrank entdeckte er ein altes Kassettengerät. Er stand auf und öffnete das Fach. Auf der Kassette stand in der bekannten Kritzelschrift *AS SENHORAS DO FADO*. Er drückte das Fach wieder zu und ließ das Band laufen. Es waren Aufnahmen alter Schallplatten verschiedener Sängerinnen. Das Knistern der Platten mischte sich mit dem Rauschen und Kratzen der schlechten Wiedergabe. António kannte das Lied, das gerade lief, wahrscheinlich gesungen von Amália Segredo - «Primavera», eines seiner Lieblingslieder, und es überraschte ihn ein wenig, gerade dieses Lied hier in Genf in der Küche seines Vaters zu hören. Nichts von all dem hatte er erwartet, weder die Ärmlichkeit der Wohnung noch die Saudade, die plötzlich aus diesem alten Gerät auf dem verdreckten Kühlschrank klang.

Während das Band lief, schaute er sich in den anderen Räumen um. Viele waren es nicht: ein kleiner Flur, das Wohnzimmer, in dem er geschlafen hatte, die Toilette, gegenüber das Badezimmer und daneben eine letzte Tür. Als António sie öffnete, stand er vor dem Schlafzimmer. Er sah den halb geöffneten Schrank, das ungemachte Bett, eine dunkle Kommode neben dem mit dicken Vorhängen drapierten Fenster. Auf dem Nachttisch stand ein kleines gerahmtes Foto. Es war ein Bild von seiner Mutter und ihm selbst. Er staunte, wie jung und schön sie auf diesem Bild aussah, wie frisch und gesund. So hatte er sie noch nie gesehen. Zum ersten Mal dachte er daran, dass ein Mann sich in diese Frau hatte verlieben können, eine Vorstellung, die ihm bis anhin immer seltsam vorgekommen war.

Er stellte das Foto wieder auf den Nachttisch und betrachtete das Möbelstück neben dem Bett. Ein kleines, aus dunklem Holz gezimmertes Kästchen mit zwei Schubladen. Er öffnete die erste, darin lagen Streichhölzer, Taschentücher, Zigaretten. Er zog die zweite Schublade auf und fand Franciscos Pass. Er blätterte darin herum. Das Foto war mindestens so alt wie das gerahmte Bild seiner Mutter. Damals hatte sein Vater ein straffes, kerniges Gesicht. Davon war heute nicht mehr viel übrig. Der Pass war noch gültig, aber sonst waren darin keine Vermerke, keine Stempel, keine Visa, nichts. Er legte ihn ins Fach zurück. Durch den dicken Vorhang drang ein wenig Licht und belegte das Zimmer mit einem weichen, diesigen Film. In der Küche riss die Musik ab, und António hörte das laute Klicken des Apparats, der sich ausschaltete. In der plötzlichen Stille wirkte das fremde Zimmer seltsam. Er ging zurück in die Küche und nahm einen Schluck kalten Kaffee.

Dann schlenderte er stundenlang durch die Stadt, setzte sich in ein Café, aß ein Eis und schaute den Schiffen zu, die am Quai anlegten. Im Vergleich zu Lissabons Hafen war das hier eine Badewanne, ein Tümpel, auf dem neben den Passagierschiffen gerade mal ein paar Segelboote kreuzten und sich zwischen den Landungsstegen wie Spielzeuge ausnahmen, aber lustig war es trotzdem anzusehen. Er versuchte sich vorzustellen, wie sein Vater die vierzehn Jahre hier gelebt hatte, was er getan und wo er sich aufgehalten haben mochte. António wusste, dass ein entfernter Verwandter hier lebte und Vorarbeiter bei einem Bauunternehmen war, aber er verspürte nicht die geringste Lust, ihn zu besuchen.

Er kaufte sich einen Stadtplan und blätterte im Telefonbuch, schlenderte ein paar Stunden durch die Einkaufsstraßen, saß auf einer kleinen Terrasse am See, und gegen fünf Uhr nachmittags fuhr er auf dem Parkplatz der Lagerhalle vor. Der Name Medical Instruments & Co stand in großen Lettern über dem Haupteingang. Er fuhr auf eines der vorgezeichneten Felder und machte den Motor aus. Die Sonne brannte auf den Asphalt, und ein paar wenige Autos glänzten im Licht, als wären die Büros und Ausgabeschalter bereits geschlossen. Aber sein Vater hatte doch auf den Zettel halb sieben geschrieben. Es konnte nicht sein, dass er bereits auf dem Weg nach Hause war. António stieg aus und ging auf das Gebäude zu. Eine kleine Betontreppe führte zu einer Tür, auf der Anmeldung stand. Er trat ein und spähte den dunklen Flur hinunter. Mehrere Türen führten in andere Räume. Eine stand offen. Eine ältere Frau saß dort in einem kleinen Büro über einen Stapel Papiere gebeugt.

«Bonjour», sagte er und klopfte höflichkeitshalber an die offen stehende Tür. Die Frau erschrak ein wenig und schaute ihn fragend an.

«Ich möchte zu meinem Vater», sagte er, so gut es ging, auf Französisch.

«Zu ihrem Vater? Wer ist denn Ihr Vater?»

«Francisco Fantastico.»

«Francisco? Sie sind sein Sohn?» António sah, dass sie sich ein überraschtes Grinsen verkniff «Ich wusste gar nicht, dass Francisco einen Sohn hat, davon hat er nie etwas gesagt.»

«Kann ich ihn sprechen?», wiederholte António und versuchte, so kühl und gelassen wie möglich zu wirken.

«Tut mir Leid, Francisco arbeitet heute nicht.»

«Was?», rutschte es António auf Portugiesisch heraus. Dann fuhr er auf Französisch fort: «Was heißt, er arbeitet heute nicht? Heute Morgen ist er aber zur Arbeit gefahren.»

«Er ist heute nicht da, aber wenn er heute Morgen zur Arbeit gefahren ist, dann ist er vielleicht beim Herrn Senior. Soll ich mal schnell nachfragen?»

«Ja, gerne», sagte António enttäuscht, denn er hätte sich lieber die Firma und die Maschinen angeschaut, mit denen sein Vater arbeitete, die Instrumente, die er für die medizinische Versorgung in aller Welt herstellte. Die Frau drückte auf die Taste eines kleinen Apparats und sagte sehr schnell etwas auf Französisch, aus dem António den Namen Francisco heraushörte. Sie ließ die Taste wieder los und wartete einen Augenblick. Dann kam ein knappes und schepperndes «Oui» durch den Apparat.

«Ihr Vater ist in Cologny beim Herrn Senior. Wenn Sie sich beeilen, erwischen sie ihn dort vielleicht noch.» Sie riss einen Zettel von einem kleinen Block. «Hier, das ist die Adresse. Sind Sie zu Besuch?»

António nahm den Zettel, bedankte sich und verließ das Büro, ohne auf ihre Frage geantwortet zu haben. Was hatte das zu bedeuten, dass die Sekretärin in diesem Betrieb nicht wusste, wo sein Vater war. Und was sollte sein Vater beim Chef senior? Er ging den langen Flur hinunter und sah aus einer Tür einen Mann treten, der ihm nun den Weg versperrte. Es war ein großer, kräftiger Typ mit braunblondem Wuschelkopf, kaum älter als er selbst.

«Kann ich Ihnen helfen?», verstand er knapp aus dem ziemlich undeutlich gesprochenen Französisch.

«Danke, ich suche meinen Vater, aber man hat mir gerade eine Adresse gegeben.» Wie zum Beweis streckte er den kleinen Zettel vor. Dann machte er einen Schritt vorwärts, aber der Wuschelkopf versperrte ihm noch immer den Weg.

«Ihren Vater? Wer ist denn Ihr Vater?»

«Francisco.»

«Ich wusste gar nicht, dass Francisco einen Sohn hat», sagte der andere nun genau wie die Sekretärin vorhin. António zuckte mit den Schultern, was sollte er dazu schon sagen?

«Ich glaub, er ist bei meinen Eltern. Weißt du, wie du da hinkommst? Fahr einfach am linken Seeufer entlang. Und dann fragst du dich halt durch. Julie hat dir ja die Adresse gegeben. Bist du zu Besuch hier? Ich mein ja nur, falls du Arbeit suchst, da können wir leider nichts für dich tun.»

«Nein, Monsieur», erwiderte António und fragte sich, warum der Blonde ihn nun plötzlich duzte, «ich bin nur für ein paar Tage hier.»

«Ja, ich mein ja nur.»

Der Blonde zog die Glastür auf und streckte ihm die Hand entgegen.

«Hat mich gefreut, schönen Aufenthalt noch in Genf, tschüss!»

António trat auf den kleinen Treppenabgang hinaus, ohne dem Blonden die Hand zu schütteln. Er hatte nicht alles verstanden, empfand aber deutlich die ablehnende Haltung, mit der er verabschiedet worden war. Sein Magen zog sich zusammen, und seine trockene Kehle schmerzte leicht. Gerne hätte er ihm eine scharfe, sarkastische Bemerkung entgegengeschmettert, aber die Suche nach französischen Wörtern hinderte ihn daran, einen klaren Gedanken zu fassen. Die Glastür fiel zu, und der Flur drinnen war bereits leer.

Francisco hatte gerade den Rasen fertig gemäht, als Frau Oh! senior ins Parterre herunterkam und ihm ein paar Schuhe hinstellte.

«Wenn Sie fertig sind», sagte sie mit ihrer hohen, sägenden Stimme, «dann kümmern Sie sich doch mal um diese Schuhe da, die hat mein Sohn schon seit Wochen nicht mehr getragen, und ich finde, sie könnten eine Politur ganz gut vertragen.» Dazu legte sie ihm eine kleine Holzkiste mit Schuhputzzeug hin.

«Ja, Madame», antwortete Francisco höflich und kümmerte sich zuerst um den Rasenmäher, von dessen Schwungmesser er Reste von eingetrocknetem Gras kratzen musste. Langweilig wurde es ihm hier nie. Madame und Monsieur versorgten ihn stets mit neuen Aufträgen, noch während er mit einer Aufgabe beschäftigt war. Manchmal überboten sich die beiden regelrecht und überhäuften ihn mit Bitten und Anliegen, und Francisco gab sich alle Mühe, beiden gerecht zu werden. Er fuhr den Rasenmäher in den kleinen Unterstand neben dem Haus, verräumte auch alles andere Werkzeug, das er diesen Nachmittag im Garten benutzt hatte, und kümmerte sich dann um die Schuhe. Den Jaguar hatte er am Morgen einigermaßen hinbekommen. Jedenfalls knallte der Auspuff nicht mehr. Das knirschende Geräusch war aber immer noch zu hören, und Francisco war überzeugt, dass es die Zylinderkolben waren, die nicht mehr sauber liefen. Aber darüber erzählte er Monsieur Oh! nichts, denn das konnte Francisco nicht selber reparieren, und er wusste, dass Monsieur Oh! sein Auto nicht in eine Garage bringen, es keinen Augenblick aus der Hand geben würde, und er wollte seinen langjährigen Vorgesetzten nicht enttäuschen.

Die Schuhe standen auf einer niedrigen Mauer, die den kleinen Kiesweg entlang bis zum Eingangstor des Gartens führte. Er setzte sich auf die Mauer, sah das Auto am Gartenzaun vorfahren, dachte sich aber nichts dabei. Er hatte die Schuhe vor sich und erkannte sie wieder. Er erinnerte sich, diese vorne etwas abgewetzten Schuhe an Oh! juniors Füßen gesehen zu haben. Nun war es also so weit. Er war zum Schuhputzer geworden, aber die Begegnung mit seinem Sohn António am vergangenen Abend hatte ihn so gestärkt, dass es ihn nicht störte. Er war der Vater eines hübschen, starken, gesunden, hoch gewachsenen Burschen, er hatte einen mutigen, neugierigen Sohn, der Architekt werden wollte. Und was konnte das Putzen eines alten Paars Schuhe an der Vaterschaft eines so prächtigen Jungen kratzen? Er nahm sich den ersten Schuh vor und dachte an den vergangenen Abend, hörte noch einmal seinen Sohn von zu Hause erzählen, von seinen Plänen und Ideen, sah den Stolz in den jungen Augen. Er lachte vor sich hin. Der Stein, auf dem er saß, war von der Sonne warm. Herzhaft begann er, die schwarze Schuhcreme aufzutragen. Sie sollten glänzen, diese Schuhe, glänzen wie dieser Tag.

António stieg aus dem Wagen und war nicht sicher, an der richtigen Adresse zu sein. Er war um ein paar Straßen und Kreuzungen herumgefahren, bis er endlich das Schild mit dem richtigen Straßennamen entdeckt hatte. Das hohe Gartentor und die Büsche und Bäume versperrten die Sicht. Er musste ganz nah an das Tor herangehen, bis er das Haus und den Garten sehen konnte. Und dort saß tatsächlich sein Vater auf einem Mäuerchen. António stieß das Tor auf und marschierte den Kiesweg hinunter. Es war eine herrschaftliche, mehrstöckige Villa. Er konnte kaum glauben, dass hier nur eine Familie wohnte, Raum genug war mindestens für vier oder fünf Wohnungen. Rund um das Gebäude war ein parkähnlicher Garten angelegt, und es roch nach frisch gemähtem Rasen. Sein Vater saß gebückt auf der Mauer und war so sehr in die Arbeit vertieft, dass er Antónios Kommen nicht bemerkte.

«Papa! Was machst du da?»

«António!» rief Francisco erschrocken, «wie kommst du denn hierher?»

«Ich dachte, du seist bei der Arbeit!»

«Warte, António, du kannst hier nicht einfach so reinmarschieren und ... » Francisco stand auf und packte ihn am Arm. «Komm, geh nach Hause und warte dort auf mich. Einen Schlüssel hab ich dir doch hingelegt, ich erkläre dir alles später. In ein paar Minuten bin ich hier fertig ...»

«Was machst du denn da? Was sind das für Schuhe?» Er riss ihm den Schuh aus der Hand und tat, als untersuche er ihn etwas genauer. «Bist du jetzt Schuhputzer oder was?»

«Das erkläre ich dir später, António, bitte geh jetzt, warte zu Hause auf mich, ich bin gegen halb sieben da, dann können wir über alles reden. Bitte geh jetzt!» Sein Vater riss ihm den Schuh aus der Hand.

«Das darf doch nicht wahr sein! Warum bist du hier und nicht in der Firma?»

«Lass uns nachher reden. Ich muss hier noch ein paar Sachen erledigen.»

António schaute ihn an, wie er da stand, mit hängenden Schultern, fett, mit einem Schuh in der Hand, mit einer von Schuhcreme verklebten Bürste vor seinen Füßen, und plötzlich begriff António, betrachtete das, was in den vierzehn Jahren aus seinem Vater geworden war. Dieser Anblick war so hässlich, so enttäuschend, so erniedrigend, dass António sich abwenden musste, und er spürte eine Wut in sich, eine Wut über die plötzliche Erkenntnis, dass sein Vater ein gebrochener Mann war, ein Nichts, ein Haufen Elend, ein nutzloser Fettwanst, der von alten, reichen Leuten im Haushalt herumkommandiert wurde. Es erschütterte ihn, seinen Vater so vor sich zu sehen. Er ging den Weg zurück zum Tor, blickte sich noch einmal um und sah, dass sein Vater sich bereits wieder um die Schuhe kümmerte, sah, wie er bürstete und schrubbte, wie er seinen großen schweren Körper verkrampft über die kleine Holzkiste mit den Bürsten, Lappen und Cremes beugte, als wollte er sich in ihr verkriechen.

António setzte sich ins Auto und fuhr ein paar Meter vom Gelände der Villa weg. Er war von dem, was er gesehen hatte, so mitgenommen, dass er beinahe vergaß, den Motor auszumachen. Es dauerte über eine Stunde, bis er Francisco im Rückspiegel durch das große Gartentor treten sah. Er hupte, lehnte sich zum Beifahrersitz hinüber und stieß die Tür auf. Im Spiegel beobachtete er, wie sein Vater strahlte und lachte und schnell herankam, sich dann in den Beifahrersitz fallen ließ.

«Sag jetzt nichts», befahl António mit einem festen, bestimmenden Ton und fuhr los. Eigentlich wusste er gar nicht, wo er hinfahren sollte, aber er wollte die Führung nicht aus der Hand geben. Francisco schien das jedoch nicht zu beeindrucken.

«Wo fährst du denn hin?», fragte er beschwingt, und António fühlte, dass ihm mit seinem Vorhaben bereits der Wind aus den Segeln genommen war.

«Nach Hause, oder hast du einen anderen Vorschlag?»

«Um diese Zeit treffe ich mich meistens mit Jean zu einem Bier. Heute ist Dienstag, da essen wir in einem Restaurant in der Servette. Man kann dort auch draußen sitzen, bei dem Wetter!»

«Wer ist Jean?»

«Ein Freund, komm, ich stell ihn dir vor, hier rechts.»

António bog rechts ein und ärgerte sich, dass er sich so schnell hatte überrumpeln lassen. Aber wo sollte er sonst hinfahren, er kannte sich nicht aus in dieser Stadt, und ohne Karte wusste er nicht einmal, wie er zur Wohnung am Rond-Point de Plainpalais zurückfinden sollte. Nach kaum zehn Minuten waren sie in einer kleinen Seitenstraße angelangt und suchten einen Parkplatz.

Jean war ein kleiner, rundlicher Kerl mit schütterem Haar.
«Das ist mein Sohn António!», verkündete Francisco mit fröhlicher Stimme.
«Freut mich, António, viel von dir gehört. Wie gefällt dir Genf?» Jean klopfte ihm herzlich auf die Schulter. Sie setzten sich an einen Tisch und bestellten Bier.
«Zur Feier des Tages empfehle ich Filets de perche», sagte Jean und hielt den Finger auf einen Zettel in der Speisekarte.
«Eine Spezialität des Hauses!», fügte sein Vater hinzu, und António nickte, hob die Achseln und murmelte: «Einverstanden.»
António war nicht nach essen. Was er gesehen hatte, war zu hässlich, als dass er es einfach wegstecken konnte. Und dass sein Vater einen Freund als Unterstützung beizog, ärgerte ihn. Aber nun saßen sie da auf dieser kleinen Terrasse in einer Seitenstraße zwischen Häusern und Autos, und Francisco lachte und redete, Jean erzählte Witze, klopfte António aufmunternd auf die Schultern, wollte erreichen, dass er mitlachte, erklärte ihm die Gags auf umständliche Weise mehrmals hintereinander, und António blieb nichts anderes übrig, als hin und wieder verlegen zu schmunzeln. Er beobachtete seinen Vater, wie er aß und sich fast übermütig mit diesem Jean unterhielt, und António gab vor, weniger zu verstehen, als er tatsächlich verstand. Er ließ die beiden Männer ihren Spaß miteinander haben, aß die Hälfte der kleinen knusprigen Fischfilets ohne richtigen Appetit, war aber froh, mit

Gabel und Messer etwas zu tun zu haben. António dachte an das Bild, das er im Park der Villa gesehen hatte: sein Vater, wie er da stand, mit dem Schuh in der Hand, groß, alt, mit schlaffen Gliedern und tiefen, grauschwarzen Augen. Sie bestellten Bier und stießen an. António hob höflichkeitshalber sein Glas, prostete den beiden Männern zu, sah seinen Vater einen großen Schluck nehmen, sah ihn das halbe Glas in einem Zug leer trinken. Es war die vierte Flasche in sehr kurzer Zeit, und sie hatten noch nicht einmal fertig gegessen. Er sah die Fettmasse seines Vaters, wie sie vom Lachen geschüttelt wurde, wie sich sein Fleisch in synkopischen Rhythmen hin und her bewegte, wie seine große Hand nach dem nächsten vollen Glas Bier griff. António spürte, wie er mehr und mehr wegsackte, wie er da saß als ferner Betrachter eines Spiels. Und er bemerkte, wie sein Vater langsam betrunken wurde, wie er immer übermütiger nach noch mehr Bier verlangte, wie er die Bestellungen über die Köpfe der andern Gäste hinweg dem Kellner zurief, und António übersprang Bestellung um Bestellung, kippte hin und wieder den Inhalt eines Glases hinter sich auf den Boden, um das nächste entgegenzunehmen, das vor ihn hingestellt wurde. Die beiden Männer schienen keine Grenzen zu kennen.

Nachdem der Nachtisch abgeräumt, das letzte Glas Bier geleert war und zwischen Jean und Francisco eine kleine Gesprächspause entstand, wandte sein Vater sich plötzlich an ihn:

«António! Was meinst du? Zur Feier des Tages ein Grappa! Jean, ein kleiner Absacker?»

«Gute Idee!», rief Jean und hob sofort den Arm, um dem Kellner ein Zeichen zu geben.

António sagte nichts. Er hätte sich gerne die Beine vertreten, aber er saß einfach nur da und wartete ab. Natürlich blieb es nicht bei einem Gläschen Grappa, und als sie vom Wirt persönlich dazu aufgefordert wurden, die Terrasse nun doch langsam zu verlassen, mussten sie Francisco beim Aufstehen helfen.

«António, mein Sohn! Ich bin ja so glücklich!», sagte er mit lallender Stimme, als sie ihm von beiden Seiten unter die Arme griffen. «Wer hätte das gedacht, dass ich meinen Sohn noch einmal wieder sehe!»

António spürte das erdrückende Gewicht dieses Körpers, stemmte sich dagegen und schloss die Autotür auf. «Kannst du denn noch fahren?», fragte Jean etwas besorgt.

«Keine Sorge», sagte António und verriet sich damit ein bisschen mit seinem Französisch, das er besser beherrschte, als er den ganzen Abend über vorgegeben hatte, «ich hab nicht so viel getrunken wie ihr. Ich bring ihn nach Haus.»

Francisco sackte wie tot auf den Beifahrersitz. Jean streckte ihm die Hand hin.

«Komm gut nach Hause, Junge! Dein Vater ist wirklich sehr glücklich über deinen Besuch. Nimm ihm diesen Abend nicht übel.»

António war erstaunt über diesen letzten Satz, spürte den festen, warmen Händedruck. Dann setzte er sich ins Auto und fuhr los. Jean torkelte zum Gehsteig hinüber und verschwand zwischen den Autos.

Sein Vater lag mit geschlossenen Augen im Sitz, sein Kopf war zur Seite weggekippt. Er war sofort eingeschlafen und röchelte und atmete nun lautstark durch den offenen Mund. António suchte auf der Karte den Weg zum Rond-Point de

Plainpalais, fuhr auf das gelb gekennzeichnete Taxifeld, das um diese Zeit leer war, und sah das Haus auf der anderen Seite der Straße. Sein Vater rührte sich nicht. António überlegte, wie er ihn nun aus dem Auto und in die Wohnung hoch schaffen konnte, ohne sich dabei den Rücken kaputt zu machen. Am besten würde er ihn bis zum nächsten Morgen im Auto schlafen lassen. Aber das Auto einfach hier stehen und seinen Vater allein lassen konnte er nicht. Er schaute ihn an und lauschte den Geräuschen, die er von sich gab. Dann kurbelte er das Fenster runter. Plötzlich ekelte ihn die Luft, die sein alkoholisierter Vater ausatmete. Er drehte den Ventilator an und überlegte. Draußen fuhr hin und wieder ein Auto vorbei, dunkle Gestalten huschten in der Straßenbeleuchtung vorüber, am gegenüberliegenden McDonald's- Laden löschte jemand das Licht und schloss den Haupteingang ab.

Und plötzlich wusste er, was er zu tun hatte.

Mit dem alten Lift fuhr er in den vierten Stock und schloss die Wohnung auf. Zielstrebig steuerte er in das Schlafzimmer seines Vaters. Dort öffnete er die Schublade und nahm den Pass heraus. In der Küche entnahm er dem Gerät die Kassette, die er am Morgen gehört hatte, und im Wohnzimmer holte er seine eigenen Sachen. Dann verschloss er die Wohnung wieder und setzte sich ins Auto. Sein Vater schlief noch immer. António fuhr los und folgte den grünen Schildern, auf denen FRANCE stand, zur Autobahn. An der Grenze zeigte er beide Pässe vor und schaute dem Zöllner unverfroren in die Augen. Dann trat er aufs Gaspedal und glaubte zu fliegen.

IV

António machte das Radio an. Die roten Rücklichter eines Wagens gaben das Tempo vor und führten ihn durch die Nacht. Er trieb den alten Peugeot bis an seine Grenzen und überholte Lastwagen um Lastwagen, raste an Rastplätzen und von fern leuchtenden Dörfern vorüber, ließ ganze Kolonnen brav hintereinander fahrender Personenwagen hinter sich, dachte daran, wie es sich abspielen würde, seinen Vater nach Hause zu bringen, stellte sich das Gesicht seiner Mutter vor, das seiner Schwester. Ob seine Mutter Francisco auf Anhieb erkennen würde? António konnte sich nur schwach an seinen Vater erinnern, wie er damals war, als er noch bei ihnen wohnte. Er hatte ihn oft auf einer Bank sitzen sehen, an der Hauswand in einem kleinen, wild bewachsenen Hof, vielleicht bei den Großeltern, vielleicht bei Freunden. Mit Ästen und Tüchern hatte António eine kleine Hütte gebaut. Sein Vater sollte ihm bei der Konstruktion des Dachs helfen, lachte aber nur und gab ihm von der Bank aus unpraktische Ratschläge, und António ärgerte sich darüber. Aber er war stolz, wenn sein Vater mit anderen Männern diskutierte und Wichtiges zu sagen hatte. Er erinnerte sich an die ernsten Gesichter der Freunde und Bekannten, wenn sein Vater sprach, das verwirrende Gerede, das als Antwort auf Vaters Sätze folgte, und António klammerte sich an seinem Hosenbein fest.

Jetzt, auf dieser Fahrt durch die Nacht, waren es die einzigen Bilder, die er von damals aufrufen konnte. Er hörte das Lachen seines Vaters wieder. Die Erinnerung daran empfand er heute anders. Was er damals als provokante Trägheit, manchmal sogar Hohn erlebte, schien ihm jetzt liebliche Zuneigung eines überlegten und aufmerksamen Erziehers, der seinen Sohn auf die Probe stellte. Er hätte ihn jetzt gerne reden gehört, so wie damals, mit derselben Ernsthaftigkeit, in demselben Ton, der Respekt erzeugte. Gerne hätte er gewusst, was in diesem Kopf vorging, und wenn António das Licht eines entgegenkommenden Autos nutzte, um einen Blick auf seinen schlafenden Vater zu werfen, schlug ihm das Bild dieses betrunkenen Dickwansts ins Gesicht, dieser röchelnden Gestalt, die da im Sessel lag mit offenem Mund und schnarchender Pennernase. Er starrte wieder nach vorn auf die Straße und ließ sich von den weißen Mittelstreifen hypnotisieren, die unter den Scheinwerfern rhythmisch aufleuchteten.

In der Nähe von Carcassonne fuhr er auf eine Raststätte, klappte den Sitz nach unten und fiel sofort in einen unruhigen Schlaf. Lichter zuckten unaufhörlich vor seinem inneren Auge, und als er aufwachte, spürte er einen unangenehmen Druck hinter der Stirn. Von Osten zog die Dämmerung herauf. Ein feiner Dunst lag über der Landschaft. Francisco schlief noch immer, sein Kopf lehnte an der Autotür, der ganze Körper hing in einer komplizierten Stellung im Sitz. António stieg aus und streckte seine Glieder. Hinter ein paar Bäumen stand eine Reihe von Lastwagen, weiter drüben rauschte der Morgenverkehr über die Autobahn. Er schlenderte zur

Toilette hoch. Es stank nach Urin und Exkrementen, obwohl die Toiletten einen sauberen Eindruck machten. Er klatschte sich kaltes Wasser ins Gesicht, massierte sich den Hals, sah sein finsteres, von der kurzen Nacht gezeichnetes Gesicht im Spiegel. Er wünschte, sie hätten die über tausend Kilometer, die sie noch zu fahren hatten, bereits hinter sich, als er von draußen seinen Vater rufen hörte. Er stand unten beim Wagen und wandte sich nach allen Seiten. António schaute ihm eine Weile zu und musste grinsen. Es sah irgendwie lächerlich aus, wie sein Vater um das Auto herumhopste und seinen Namen schrie.

«António!», brüllte er wieder und trommelte auf die Kühlerhaube.

«Hier bin ich! Papa! Was ist denn?» Er sprang die paar Stufen zum Parkplatz hinunter.

«Bist du übergeschnappt oder was? Wo sind wir?»

«Muss ich dir das wirklich sagen? Kennst du denn die Strecke nicht?»

«Wie spät ist es? Ich muss zur Arbeit, mein Chef wartet, ich habe einen Auftrag! Wenn ich nicht rechtzeitig zur Arbeit erscheine, verliere ich meinen Job! Bring mich sofort nach Genf zurück!» Dann riss er die Autotür auf und setzte sich hinein.

António betrachtete ihn durch die Windschutzscheibe, wie er da drinnen vor sich hinstarrte, darauf wartete, dass sein Sohn sich ans Steuer setzen und ihn nach Genf zurückbringen würde. Die Heftigkeit der Reaktion verblüffte ihn. Francisco blickte kurz auf, starrte dann aber wieder auf das Armaturenbrett. Dann griff er plötzlich rechts über seine Schulter und schnallte sich an. Als António noch immer nicht reagierte, kurbelte Francisco das Fenster runter und streckte den Kopf raus.

«Was ist denn jetzt? Los, bring mich nach Hause!»

António öffnete die Tür und setzte sich ans Steuer. Den Zündschlüssel ließ er in seiner Hosentasche. Unter keinen Umständen würde er die Macht wieder aus den Händen geben, und es gab nur eine Richtung, in die sie fahren konnten.

«Papa», sagte António. Sein Vater starrte noch immer auf das Armaturenbrett.

«Hör zu! Du weißt, wo wir hinfahren, und kein Weg führt daran vorbei. Es wird nicht einfach werden. Aber es ist sehr wichtig.»

«Sehr wichtig für dich, ja für dich vielleicht, aber mich bringt es um meinen Job, und ohne meinen Job bin ich auf der Straße, verloren, verstehst du, verloren, ein Nichts, aus, fertig, und dann?»

«Melde dich krank.»

«Francisco Fantastico ist nicht krank, war nie krank und wird auch nie krank sein!»

«Mach dich nicht lächerlich! Und was hast du davon? Dass man dich zum Hausdiener eines perversen Millionärs befördert?»

«Sei still!»

Francisco verschränkte die Arme über seinem großen Bauch, der sich beim Sitzen bis zur Brust hinaufwölbte, und starrte wieder auf das Armaturenbrett.

António ließ das Schweigen eine Weile zwischen ihnen stehen, zerrte dann den Schlüssel aus der Tasche, legte sich den Sicherheitsgurt um und wollte losfahren. Aber Francisco löste den Gurt wieder.

«Warte!», zischte er kaum hörbar, stieg aus und verschwand im Toilettenhäuschen. António überlegte, wie und wo sein

Vater ihm entkommen könnte, ob er etwas ausgeheckt hatte. Der Pass steckte hier in seiner Brusttasche, und Geld konnte Francisco nicht mehr viel bei sich haben. Aber nach wenigen Augenblicken kam sein Vater mit klatschnassem Gesicht aus der Toilette zurück, setzte sich neben ihn und zog stumm den Gurt fest. Schweigend fuhren sie der schwindenden Nacht hinterher und hatten schon bald die aufgehende Sonne im Rücken. Bei keiner der nächsten Ausfahrten bis Toulouse sagte Francisco ein Wort. Er hatte die Arme über seinem Bauch verschränkt und starrte vorwärts auf die unter ihnen wegziehende Straße. Erst kurz vor Biarritz wandte er endlich den Kopf.

«Lass mich telefonieren!», sagte er und starrte dann wieder geradeaus.

António fuhr auf die nächste Raststätte und benutzte die Gelegenheit, um den Tank noch einmal zu füllen. Er ließ seinen Vater in die Raststätte vorausgehen. Er wollte ihm die Möglichkeit geben, alleine zu telefonieren. Aber Francisco blieb neben dem Restauranteingang stehen, bis António den Tank gefüllt und den Wagen auf ein Parkfeld gestellt hatte. Zusammen setzten sie sich an die Bar, bestellten Kaffee und aßen Croissants. Das Telefon war hinten neben den Toiletten. Francisco bat ihn um Münzen und verschwand. Eine Familie hatte den Raum betreten, sich neben ihn an die Bar gestellt, und ihr Lachen und Reden übertönten die Stimme seines Vaters.

Die Straßenränder zogen sich wie Farbbänder durch den Bildausschnitt der Seitenfenster, das Flirren der Leitplanken, Grün in allen Schattierungen, Gesteinsstrukturen. Sie saßen nah nebeneinander, und António nahm, trotz des Motorenlärms, jede seiner Bewegungen wahr, sein wiederholtes Räuspern, das bedeutungsschwere, bedrückte Durchatmen. Sie hatten außer den Croissants seit ihrer Abreise nichts gegessen. António spürte keinen Hunger, und Francisco war damit beschäftigt, den Alkohol vom vergangenen Abend auszuschwitzen. Trotzdem schlug António vor, eine Pause einzulegen und etwas zu essen. Francisco nickte gleichgültig, faltete die Hände, streckte sie von sich und ließ die Finger krachen.

An der Bar im Autogrill saßen ein paar Männer, rauchten, brummten vor sich hin. Hinter der Theke hantierten vier Angestellte, in einer Art Uniform und mit einem roten Käppchen, das so lächerlich aussah, dass die triste Einöde dieses Raums beinahe etwas Heiteres bekam. Francisco ließ sich willig in den Raum führen, nahm Platz und wartete, bis António bestellt hatte. «Willst du Fisch oder Fleisch?», rief António von der Theke zu ihm hinüber. Francisco nickte nur und starrte auf den weißen Tisch. António bestellt zweimal Fleisch. Fisch würden sie zu Hause genug essen. Eine Gruppe junger Männer trat durch die Tür. Sie stellten sich an die Bar und bestellten Kaffee. Ihr Lärm frischte die Stimmung im Raum etwas auf. Die roten Holzmöbel, die orangen Vorhänge, die abgetretenen Kacheln am Boden wirkten weniger kalt, plötzlich schien Blut zu zirkulieren, Hormone wurden aktiviert, die beiden Kellnerinnen brachten die Kundschaft in Fahrt. Der Einzige, der noch immer starr am Tisch saß, war Francisco. António betrachtete ihn, wie er in sich versunken dasaß, als wäre er über Nacht ein paar Zentimeter geschrumpft. Seine großen, von Falten geränderten Augen. Und wieder bemerkte António den schweren Atem, das Auf und Ab der Schultern. Er glich einem Schlafenden, während an der Bar das Geschäker, Gelächter und Gezanke lauter wurde.

Er wäre gerne hinausgegangen mit ihm, in die Steppe, die sie gerade durchquerten. Bereits am frühen Morgen hatte er diese Lust gehabt, als sie die bergige Küste der Pyrenäen durchquerten, dann in die zunehmende Trockenheit Zentralspaniens vorstießen, in Landschaften mit mageren Sträuchern, rissiger Erde, Sand, Geröll, Staub. Er wollte mit seinem Vater durch diese Landschaft marschieren, Kilometer um Kilometer. In Dörfern hätten sie Proviant gekauft und sich an Brunnen mit Wasser gestärkt. Tagelang wären sie quer durch Spanien marschiert, über Salamanca nach Vilar Formoso, zum Grenzübergang. Sie hätten zu Fuß die verbrannten Felder und verkohlten, mageren Wälder Portugals durchwandert, von denen man weiß, dass sie von korrupten Brandstiftern zerstört werden, bezahlt von Holzhändlern, die den mausarmen Bauern das tote Holz zu Spottpreisen abnehmen. António wäre gerne zu Fuß mit seinem Vater nach Hause marschiert, hätte ihm sein Land gezeigt, in der Hoffnung, dadurch etwas über ihn zu erfahren. Seltsam war dieses paradoxe Bedürfnis, dem Vater sein eigenes Land zu zeigen, und dabei wollte er nichts weiter als ihn kennen lernen. Gleichzeitig fühlte António sich seinem Vater gegenüber in der Pflicht. Als müsste er ihn etwas lehren. Sein ganzes kurzes Leben lang hatte er sich einen Vater gewünscht, wie alle seine Freunde einen hatten. Einen starken, lauten, gefährlichen Vater hatte er sich immer gewünscht, einen jähzornigen womöglich, wie der von Ricardo. Ricardo bekam zwar Schläge, was ärgerlich war, aber er hatte einen Vater, vor dem alle Respekt hatten. Und der geheime Stolz, wenn Ricardo mit einem blauen Auge oder einer Schramme zur Schule kam, war offensichtlich. António hatte ihn dafür gehasst. Und nun saß er seinem eigenen Vater gegenüber. Aber statt sich gestärkt und zuversichtlich zu fühlen, wie er sich das immer vorgestellt hatte, empfand er vor allem Mitleid. Und noch unangenehmer war die fixe Idee, ihm helfen zu müssen. Als hätten sich über die Jahre des Getrenntseins heimlich die Rollen vertauscht.

Einer der jungen Männer an der Bar warf eine Münze in die Jukebox. Die schwere Mechanik des alten Apparats setzte sich in Bewegung, die Nadel kratzte in der Platte, und dann dröhnte alter Rock ‚n' Roll aus der Box. Zum ersten Mal seit Stunden hob Francisco den Kopf und schaute ihn mit traurigen Augen an. António spürte den Drang, in dieses Gesicht zu schlagen, und er erschrak über diesen plötzlichen Wunsch, die Vorstellung, hier in dieser heruntergekommenen Autobahnraststätte mit lachenden und schwatzenden Leuten im Hintergrund, mit dieser alten fetzigen Musik als Begleitung, seinem Vater, den er gerade erst vor achtundvierzig Stunden zum ersten Mal seit vierzehn Jahren wieder gesehen hatte, ins fleischige Gesicht zu schlagen. Diese Vorstellung stand ihm jetzt so deutlich und scharf vor Augen, dass er sich mit aller Kraft zusammenreißen musste, um ruhig sitzen zu bleiben und den Blick seines Vaters zu ertragen. Im Gegensatz dazu war in den Augen seines Vaters keine Spur von Vorwurf, nicht die geringste Aggressivität. Es war ein warmer, etwas hilfloser Blick eines gebrochenen Menschen. Und als er den Mund öffnete, um nun seit vielen Stunden zum ersten Mal etwas zu sagen, schob sich die Kellnerin zwischen sie und stellte die dampfenden Teller auf den Tisch. Schweigend begannen sie zu essen.

Die Gruppe junger Männer an der Bar war weitergezogen, das Gelächter und der Lärm verstummt. Hin und wieder traten Touristen ein, einsame Fahrer, Geschäftsleute in Krawatten, bestellten eine Limonade, einen Espresso, ein Sandwich und verschwanden wieder. António hatte schnell gegessen und verlangte Kaffee.

Als Francisco ebenfalls fertig war und das Besteck in den mit Brot ausgeputzten Teller legte, wagte sich António endlich vor.

«Papa», sagte er und beobachtete genau die Reaktion seines Vaters auf die Anrede. Aber Francisco wischte sich nur genüsslich den Mund mit der Papierserviette ab. Das Essen hatte seine Laune etwas gebessert.

«Warum bist du damals in die Schweiz gegangen?» Francisco ließ die Serviette sinken und schaute ihn überraschend entschlossen an.

«Was soll ich dir sagen, das ist schon so lange her ... » Francisco griff nach der Kaffeetasse.

«Das kam alles so überraschend. Mama hat immer erzählt ... »

«Was hat Mama erzählt?»

«Mama erzählte uns dauernd ... Aber wieso soll ich dir das sagen? So war das gestern schon! Ich will etwas von dir wissen, und du drehst die Frage sofort um. Ich weiß überhaupt nichts über dich!»

«Was hat sie erzählt?»

«Mama erzählte uns, dass du mit einem Freund beim Fischen auf dem Meer ertrunken seist. Daran haben wir geglaubt. Das heißt, Teresa noch mehr als ich. Mir war es irgendwie egal, du warst einfach weg, ob du nun auf dem Meer verschollen warst oder sonstwie verunglückt, das kam für mich aufs selbe raus. Tatsache war, dass du nicht da warst, und das war genug, um für einige Jahre ziemlich sauer auf dich zu sein.»

«Sauer? Du warst wütend darüber, dass ich verunglückt war?»

«Als Kind fand ich es eine ungeheure Gemeinheit vom lieben Gott, dass er dich hatte sterben lassen. Warum? Wieso musste er mich so bestrafen, was hatte ich getan? Aber mit dem lieben Gott durfte man nicht spaßen, also war ich eben sauer auf dich.»

«Und heute?»

«Heute will ich wissen, warum du damals in die Schweiz gegangen bist, warum du uns allein gelassen hast, und warum du dich nie wieder gemeldet hast.»

«Nun habe ich mich ja gemeldet. Es sollte dein Geburtstagsgeschenk werden.»

«Ein schönes Geschenk! Warum bist du nicht persönlich vorbeigekommen? Und warum hast du dich nicht früher gemeldet?»

«Hat dir Mama nie etwas gesagt?»

«Nein, was denn? Das Einzige, was wir zu hören bekamen, war dieses Fischermärchen.»

«Erinnerst du dich an das Haus?»

«Was für ein Haus?»

«Mitten in der Altstadt von Lissabon, wo wir damals wohnten.»

«Ich erinnere mich, als Kind in einem kleinen Vorhof gespielt zu haben, wo du draußen auf der Bank an der Hauswand gesessen hast. Du hast mir zugeschaut, wie ich rund um den Baum eine Hütte baute, daran kann ich mich erinnern.»

«Das war in Alfama, ein altes Haus mit Innenhof, ich hatte es damals ziemlich billig kaufen können. Aber Geld hatten wir natürlich keins. Also besorgte ich mir welches.»

«Was soll das heissen?»

«Ja, ich hatte eine Möglichkeit gefunden, in der Firma, in der ich damals arbeitete, mir etwas Geld auszuborgen. Allerdings wusste davon außer Felipe niemand was.»

«Wer ist Felipe?»

«Du kennst Felipe nicht? Mama hat euch wirklich nichts erzählt! Felipe war ein Freund von mir. Wir kannten uns noch von der Schule. Zufällig fanden wir in derselben Firma Arbeit.»

«Was war das für eine Firma?»

«Eine kleine Werkstatt auf Lisnave, der Werft bei Margueira. Wir stellten Werkzeuge und spezielle Maschinenteile für die Schiffsreparatur her. Inzwischen ist die Werkstatt aber eingestellt worden, die meisten Teile werden ja aus dem Ausland eingeflogen.»

António bemerkte, wie sein Vater den Blick senkte und wieder auf den leeren Teller starrte. Es war wie eine kurze Aufhellung, die sofort wieder hinter den Wolken verschwand. Irgendwie schien es hoffnungslos, was konnte er von seinem Vater erwarten, warum sollte er auch genau so sein, wie er ihn sich immer gewünscht hatte. Sie saßen hier am Tisch einer Autobahnraststätte, sechshundert Kilometer von der Heimat und tausendvierhundert Kilometer von Genf entfernt. Warum sollte sich gerade hier alles klären, sich zu einem verständlichen Ganzen zusammenfügen? Er sah seinen Vater an und versuchte, sich mit diesem Bruchstück zufrieden zu geben, als hätte er ein Stück einer antiken Freske vor sich. Und er musste einsehen, dass er, auch wenn er weiter graben würde, sich vielleicht mit diesem etwas schäbigen und wenig aufschlussreichen Bruchteil der Geschichte zufrieden geben musste. António versuchte, sich seinem Vater mit einer neuen Perspektive zu nähern, ihn sich anders vorzunehmen. Er betrachtete das vom Essen gerötete Gesicht. Dann sagte er:

«Und was war mit dem Geld?»

«Ich sagte ja, Felipe war der Einzige, der davon wusste.»

«Du hast gestohlen?»

«Nicht gestohlen, so kann man das nicht nennen. Umgeleitet, umgebucht.»

«Veruntreut.»

«Ich musste die einzelnen Maschinenteile kalkulieren und dann auch abrechnen. Jedes Teil, das wir damals fabrizierten, musste ich vollständig durchrechnen. Ich war der Einzige, der so etwas konnte. Felipe hatte von der Konstruktion keine Ahnung. Er war nur der Buchhalter, der das Geld auf ein Konto überweisen musste. Er war mein Freund, ich vertraute ihm, und er vertraute mir. Ich hatte ihm hoch und heilig versprochen, dass ich das Geld auf demselben Weg wieder zurückzahlen würde, in kleinen Happen, verstehst du. Für den Kauf brauchte ich eine Summe, ein Startkapital, und über die Jahre wollte ich es wieder zurückzahlen.»

«Und warum hast du's nicht getan?»

«Es kam etwas dazwischen. Und dann war ich in Genf.»

António starrte seinen Vater an. Aber Francisco verstummte wieder.

«Ja was nun, was kam dazwischen, sag mir doch endlich, was los war, verdammt noch mal!»

«Felipe hat mich verraten.»

«Und wie bist du denn nach Genf gekommen? So was wird doch mit Gefängnis bestraft. Was hast du dir dabei gedacht?»

«Nicht so verraten. Niemand hat etwas bemerkt. Die Werkstatt ist nun bestimmt nicht deswegen Pleite gegangen.»

«Wie denn verraten?»

Francisco griff nach dem Kaffeelöffel und legte ihn zitternd in die ausgetrunkene, braunfleckige Tasse. Das Metall klingelte am Porzellan.

«Bei Maria.»

«Bei Mama?»

«Ich weiß nicht, wie und wann und wo, aber irgendwie hat sie davon erfahren.»

«Na und?»

«Na und! Sie fiel aus allen Wolken und wollte zur Polizei gehen!»

«Was? Zur Polizei? Wieso das denn?»

«Sie gab mir drei Tage, die Sache wieder in Ordnung zu bringen. Kannst du dir das vorstellen? Du warst damals fünf oder sechs. Hast draußen gespielt. Maria arbeitete in Lissabon auf der Redaktion einer neuen linken Zeitung. Dich hatte sie jeweils bei Großmutter untergebracht. Als ihr nach Hause kamt, war ich bereits da. Es war Freitag. Erinnerst du dich? Ein stickig heißer Tag. Ich freute mich aufs Wochenende. Ich saß draußen auf der Bank und sah euch beide die Gasse heraufkommen. Dieses Bild vergesse ich nie. Weißt du, dieser starke Schatten zwischen den Häusern Alfamas, das Licht am Nachmittag, wenn es über die Dächer hinweg auf die Fassaden leuchtet. Maria hielt dich an der Hand und zerrte dich hinter sich her. Du wolltest nie laufen, du bist immer hinterher getrödelt. Damit hast du uns zum Wahnsinn getrieben. Und dann kam sie in den Hof und grüßte mich nicht. Da stand auch deine Hütte, erinnerst du dich? Das war dieses Haus, da haben wir gewohnt. Kaum zwei Monate war es her, dass wir eingezogen waren, als es passierte. Ich bin ihr in die Küche gefolgt. Ich glaube, du bist draußen geblieben. Erinnerst du dich nicht? Dann hat sie mich angespuckt. Ohne ein Wort zu sagen, verstehst du? Mich einfach so angespuckt. Und als ich wissen wollte, was los ist, sagte sie, dass Felipe ihr alles gesagt habe. Einfach so. Das konnte ich nicht glauben. Felipe hatte mir versprochen, dass das unter uns bleiben würde. Warum also sollte er es Maria erzählt haben? Und ich habe versucht, ihr zu erklären, dass ich mit Felipe ein Abkommen hatte, dass das Geld nur geliehen und nicht gestohlen war. Aber davon wollte sie nichts wissen. Sie war von Anfang an gegen den Kauf dieses Hauses in Lissabon gewesen, verstehst du, sie war in Lissabon aufgewachsen, und über den Tejo rüber auf die ärmere Seite nach Cacilhas zu wechseln, war für sie so etwas wie ein Manifest der klassenlosen Gesellschaft. Es war ja kurz nach der Nelkenrevolution. Wir glaubten alle daran, dass nun alles besser würde, aber Maria hat die Revolution einfach ganz anders verstanden als ich. Ich war in Cacilhas aufgewachsen, für mich brauchte es keine Manifeste, keine Abkommen und

Programme. Für mich war Cacilhas ein Ort wie jeder andere, und wer sollte es mir verbieten, in Lissabon ein Haus zu kaufen? Sollte das etwa der Sinn der Revolution gewesen sein? Gut, ich habe nicht studiert, ich bin kein Philosoph, aber dass Maria so strikt dagegen war, in Lissabon ein Haus zu kaufen, versteh ich heute noch nicht. Sie ist dort aufgewachsen, sie hat ein Studium machen können, warum sollten wir uns in diesem verlorenen, verarmten Quartier isolieren? Und was zeigte das? Was sollte das denn für ein Beweis sein? Schließlich hat sie in den Kauf dann doch eingewilligt. Es war eine einmalige Gelegenheit. Das Haus war billig und gut gelegen. Aber als Maria von Felipe erfuhr, dass ich mir für das Haus von der Firma Geld geborgt hatte, war ich für sie die Inkarnation des Schmarotzers, der sich zu Lasten anderer bereichert, genau wie die Nutznießer des Systems, das 1974 mit der Nelkenrevolution endlich überwunden sein sollte. Du kannst dir nicht vorstellen, wie militant deine Mutter und all ihre Genossen in der Partei damals waren. Wir glaubten ja alle, dass ein neues Zeitalter angebrochen sei, aber dass wir nun, da es der Staat ja nicht mehr tat, unser Leben aus eigenem Antrieb in die Gosse schaffen sollten, das konnte ich nie verstehen. Und dann hat Maria einen kleinen Koffer gepackt. Verstehst du, vor meinen Augen, ohne etwas zu sagen. Ich habe auf sie eingeschwatzt, ich habe ihr alles Mögliche und Unmögliche versprochen und mich entschuldigt, ich habe wirklich alles versucht, um sie zu halten, glaube mir! Aber was hätte ich machen sollen? Hätte ich sie zwingen sollen dazubleiben? Man kann eine Frau doch nicht festbinden! Dann hat sie mich beschimpft, sie hat mir ihren ganzen Parteikram an den Kopf geworfen und mich dafür verantwortlich gemacht, falls die Revolution nicht zum Ziel kommen sollte. Es war wirklich lächerlich. Und vielleicht war das auch der erste und einzige Augenblick in unserer Beziehung, in dem wir uns nicht verstehen konnten, weil wir aus zwei grundverschiedenen Familien stammten. Maria glaubte, sie müsse ihre Herkunft zerstören, ich glaubte, wir Proletarier gehörten nun endlich auch zum Bürgertum. Und eigentlich war unsere Ehe ein Beweis für diese Verschmelzung. Sie gab mir drei Tage und ging. Sie nahm dich an der Hand und marschierte die Gasse hinunter, wie sie heraufgekommen war, in dieser Suppe aus heißer Luft und Abgasen. Erinnerst du dich? Ihr seid zu deiner Großmutter gegangen. Ich wusste, dass sie dort hingehen würde, aber ich war am Boden zerstört, und ich wusste, dass ich in drei Tagen nichts regeln konnte. Felipe war mein bester Freund gewesen, verstehst du. Und ich habe noch immer keine Ahnung, warum er das getan hat. Mit einem Schlag hatte er mein ganzes Leben zerstört. Ich wusste ganz genau, dass ich mit Maria nie wieder zusammenkommen würde. Es war aus, für immer. Die Sache mit dem Geld war tatsächlich nicht ganz in Ordnung. Aber deswegen gleich die ganze Weltordnung mit ins Spiel bringen und weglaufen ... !»

«Und dann bist du nach Genf abgehauen?»

«Ich habe euch immer Geld geschickt. Über einen Freund. Ich wollte nicht, dass Maria herausfindet, wo ich bin. Ich schämte mich so. Ich war am Ende, über Jahre hinweg habe ich um dich und um Maria getrauert. Es war eine Katastrophe, António, es war nicht einfach.»

Schwach erinnerte sich António an die Großmutter und wie er an manchen Nachmittagen bei ihr in der Wohnung war. Die alten Möbel, der seltsame, satte Geruch, der dort immer herrschte, und er erinnerte sich daran, dass er bei ihr manchmal auch zu Mittag aß, was immer etwas Besonderes war, denn nur bei ihr gab es jedes Mal eine barriga de freira zum Nachtisch. Und nirgendwo sonst hatte er sich überreden lassen, Salat zu essen, denn sie hatte die seltsame Angewohnheit, Zucker darüber zu streuen. Aber kurz nachdem sein Vater verschwunden war, musste sie gestorben sein, denn an weitere Besuche bei ihr konnte António sich nicht erinnern. Francisco senkte den Blick und verstummte.

«Wegen eines kleinen Streits hast du einfach alles liegen und stehen lassen und bist nach Genf geflüchtet? Einfach so? Das kann doch nicht wahr sein!»

«Du weißt nicht, was es damals bedeutete, innerhalb der linken Aktivisten als Reaktionär und Schmarotzer verschrien zu sein. Und Maria war damals eine der Radikalsten. Das war nicht nur ein Streit von zwei, drei Tagen!»

«Trotzdem.»

«Bitte, versuch es einfach zu verstehen. Es war unmöglich, wieder einen Schritt zurück zu machen!»

«Euer verdammter Stolz! Du bist genau wie Mama. Wie lange wollte ihr euch denn noch daran künstlich aufrichten! Gib's doch endlich zu, dass du einen Fehler gemacht hast! Meinst du, es hat mir Spaß gemacht, für Mama und Teresa immer Ersatzmann, Ersatzvater, Bruder, Freund und Hausmann in einem zu spielen? Verdammt noch mal, du hast mir einen großen Teil meiner Kindheit gestohlen!»

«Was erzählst du denn da?»

«Gut, es ist deine Sache, wieso du nach Genf gegangen bist, aber du hättest uns immerhin mitteilen können, wo du bist! Das erst jetzt zu erfahren, ist wie eine Ohrfeige nach vierzehn Jahren Schweigen. Als würdest du plötzlich aus dem Dunkeln treten und mir eine runterhauen.»

«António!»

«Ist doch wahr!»

«Aber so war das nun wirklich nicht gemeint.»

«Wie soll ich's denn sonst verstehen?»

Neben ihnen ging der Motor der Kühlvitrine aus, und plötzlich bemerkte António die Stille im Raum.

«Und was ist mit dem Unfall?»

«Was für ein Unfall?»

«Der Fall, der ein Unfall sein soll, von dem du in deinem Brief an Mama schreibst.»

«Das ist eine andere Geschichte. Lass uns aufbrechen, wir haben noch ein Stück zu fahren.»

Sie waren die einzigen Gäste, und an der Theke war nur eins der Mädchen zu sehen. Draußen rauschten die Autos und Lastwagen vorbei, aber dieses Geräusch klang sehr weit entfernt, als würde es diesen Raum nicht wirklich erreichen. António spürte die harte Eisenkonstruktion des Stuhls unter seinem Hintern. Auch er ließ nun den Kopf hängen und starrte auf die Tischplatte, auf der nur noch die Kaffeetassen standen.

Es wurden anstrengende Stunden. Seit Salamanca gab es keine Autobahn mehr, und die unzähligen Lastwagen verlangsamten die Reise. António versuchte zu verstehen, was sein Vater ihm erzählt hatte, versuchte sich vorzustellen, wie diese Trennung und der Entschluss, nach Genf zu verschwinden, zustande gekommen waren. Er fragte sich, ob sein Vater diesen Entschluss lange überlegt hatte oder ob es eine Kurzschlusshandlung gewesen war. Wenn ja, warum hatte er es dann vierzehn Jahre lang ausgehalten, ohne Kontakt zu seiner Familie zu leben? Von Geld, das er geschickt haben wollte, wusste António nichts. Seine Mutter hatte es nie erwähnt, wie sollte sie es auch mit ihrem Fischermärchen zusammenbringen? Manchmal überholten ihn zwei, drei Autos hintereinander, weil er einem Lastwagen folgte und so in Gedanken versunken war, dass er mehrere Überholmöglichkeiten verstreichen ließ, es war ihm egal. Francisco schlief wieder. António wurde von Gedanken wach gehalten, die er nicht richtig zusammenbrachte, und wenn er die Landschaft betrachtete, die draußen vorbeizog, kam es ihm vor, als würde er über ein Feld fahren, das er irgendwie kannte, aber doch nicht ganz verstand, als hätte er dieses Land bebaut, und nun wuchere es von selbst. Langsam zogen die Kilometer über seinen Zähler, und hin und wieder ertappte er sich dabei, an etwas ganz anderes zu denken. An Amália zum Beispiel, an den Besuch bei ihr, bevor er zu seinem Geburtstag nach Hause fuhr, ihr gläsernes Gesicht, er dachte an einen Nachmittag am Strand mit Freunden, der in einem Besäufnis endete, an seinen Laden, an Silvio. Er freute sich auf die Rückkehr nach Hause. Er legte ein Tonband ein, aber Francisco ließ sich davon nicht stören. Und obwohl es António ärgerte, dass sein Vater so viel von der ganzen Reise verschlief und irgendwie nicht richtig daran teilnehmen wollte, war es ihm nun auch wieder egal, nicht dem ostentativen Schweigen ausgesetzt zu sein, das, wenn er wach war, wie ein dicker Nebel in dem kleinen Auto hing.

Es war in der dritt- oder zweitletzten Stunde vor Lissabon, als Francisco wieder zu sich kam und sich über die verkrampfte Stellung und die Schmerzen in den Gliedern beschwerte. Seit dem Telefonat in Südfrankreich hatte Francisco kein Wort mehr über seinen Vorgesetzten und über den Job in Genf verloren. Vielleicht war sein Fehlen doch nicht so gravierend, vielleicht war überhaupt die ganze Szene bloß ein Ausdruck des Ärgers darüber, dass er von António praktisch entführt worden war.

António griff in seine Jackentaschen, holte die Kassette hervor, die er in Franciscos Küche aus dem Gerät genommen hatte, steckte sie in den Schlitz des Autoradios und drehte die Lautstärke hoch. Aus den Lautsprechern tönte scheppernd der Gesang einer Frauenstimme.

«Was ist denn das?»

«Das hab ich bei dir zu Hause gefunden.» Francisco warf ihm einen kritischen Blick zu. «Ist das nicht Amália Rodrigues?»

«Nein, das ist Maria Teresa De Noronha. Aber spule mal weiter, da ist auch Amália drauf.» Er drückte auf ein paar Tasten am Autoradio. «Wie spult man denn hier vorwärts?»

«Hast du die aus Lissabon mitgenommen?»

«Ich hab sie mal gesehen, weißt du das? Eine wundervolle Frau! Aber Maria war ja immer eine Verächterin dieser Musik. Sie war wie so viele damals der Meinung, dass der Fado von den Faschisten völlig vereinnahmt worden sei. Für sie war das so was wie Propagandamusik. Aber hör dir das an!»

Das Stück war schließlich auf der anderen Seite der Kassette, und es dauerte eine Weile, bis er es gefunden hatte. Es war das Stück «Los Piconeros», das António von einer

CD mit Amália Rodrigues her kannte, aber die Stimme klang anders, es musste eine ältere Aufnahme sein. Wie betäubt hörten sie beide dieser sensiblen, zerbrechlichen Stimme zu, die sich mit dem Motorenlärm mischte, und es war, als lauschten sie einer sakralen Aufführung. António spähte kurz zu seinem Vater hinüber, aber der hatte den Kopf zum Fenster gedreht und betrachtete die Landschaft, die, von der Dämmerung gedämpft, vorüberzog. Mehrere ungeduldige Fahrer schwenkten hinter ihnen aus, spurten wieder ein, schwenkten wieder aus und ließen den Motor aufheulen, wenn sie an ihnen vorbeirauschten und unter die melancholische Litanei von Amália Rodrigues einen Boden aus Lärm legten. Als das Stück zu Ende war, spulte António die Kassette zurück und spielte es noch einmal, dann noch einmal und schließlich ein viertes Mal, ohne dass Francisco sich einmal zu ihm umgedreht hätte.

Das Haus lag mitten in Alfama und war nur zu Fuß durch eine kleine Gasse erreichbar. António musste ein paar Straßen weiter oben parken. Gemeinsam traten sie durch den alten Torbogen, der den hofartigen Platz nach außen hin abschloss. António kannte das Haus. Seit Jahren hatte es leer gestanden. Während der letzten Schuljahre, wenn er an freien Tagen mit Freunden nach Lissabon herüberkam, war er dort manchmal eingebrochen, um irgendwelche konspirativen Sitzungen abzuhalten oder die ersten Joints zu rauchen. Aber später hatten sie ein anderes Haus ausfindig gemacht, das zwar etwas außerhalb der Stadt lag, aber größer und vor Beobachtern geschützt war. Seit Jahren war er nicht mehr hier gewesen. Das Dach war beschädigt, ein kleiner Unterstand an der Südseite war eingefallen, und die Haustür war bis obenhin von Sträuchern und Brennnesseln überwachsen. Sie bahnten sich einen Pfad durchs Gestrüpp. Plötzlich blieb Francisco stehen und schob Grünzeug zur Seite.

«Da steht noch die Bank, siehst du?»

Tatsächlich war unter den Blättern eine morsche Holzbank zu sehen. Dicht daneben stand ein Baum. António versuchte sich zu erinnern. Aber außer dem Bild der kleinen Hütte unter dem Baum und seinem Vater auf der Holzbank vor dem Haus konnte er sich an nichts erinnern. Auch im Innern des Hauses erinnerte ihn nichts an die frühere Zeit. Er wusste nur noch, wie er es sich zusammen mit seinen Einbrecherfreunden im Wohnzimmer bequem gemacht und im Kamin ein kleines Feuer entfacht hatte. Das Haus war damals bereits eine Ruine, und sie waren nur im Dunkeln hier hereingeschlichen. Sie waren mit gestohlenen Zigaretten, Mädchen und umgebauten Motorrädern beschäftigt, und er hatte keine Zeit, sich mit irgendwelchen weit zurückliegenden Kindheitserlebnissen herumzuschlagen.

Francisco folgte ihm durch die aufgebrochene Tür, und nun standen sie in diesem Haus, in dem sie also zwei Monate lang gelebt haben sollten. Und als António durch die verstaubten, zum Teil völlig verdreckten Räume ging, konnte er es nicht mehr richtig glauben, was ihm sein Vater auf der Reise erzählt hatte. Er stieg die Treppe hoch und betrat ein Zimmer. Ein kleiner dunkler Raum mit karierter Tapete an den Wänden. Er erinnerte sich an nichts. Er stieß den Fensterladen auf, aber die Aussicht von hier oben über die Dächer der umliegenden Häuser ließ ihn kalt. Solche Bäume, wie draußen einer stand, gab es hunderte vor irgendwelchen Häusern. Eine Bank konnte überall an einer Hauswand stehen. Warum sollte es gerade dieses Haus sein, warum sollte er ausgerechnet hier einmal mit Vater und Mutter gewohnt haben, da er sich doch an nichts erinnerte außer an diese Hütte draußen unter dem Baum? Er verließ das Zimmer und schaute sich in dem kleinen Durchgang um.

«Ich war hier nie!», schrie er die Treppe hinunter. «Ich hab hier nur mal ein paar Joints geraucht, aber das war viel später, da warst du schon lange nicht mehr da, und dieses Haus war eine Ruine. Es war schon damals eine Ruine! Du wusstest genau, dass dieses Haus seit Jahren zerfällt. Warum lügst du mich an, Papa! Warum lügst du?»

Er stieß noch ein paar Läden auf und bemerkte dann seinen Vater in der Tür, der mit sich rang, um etwas zu sagen.

«Du warst noch klein, und wir haben hier nur sehr kurz gewohnt. Ich war hier seit vierzehn Jahren nicht mehr. Wie glaubst du denn, hätte ich wissen können, dass dieses Haus in diesem Zustand ist? Ich weiß noch nicht mal, wem es heute gehört! Ich habe keine Ahnung, was Maria mit dem Haus dann gemacht hat.»

«Jedenfalls nicht gerade viel!»

«Vielleicht hat sie's verkauft, wer weiß?»

«Papa, du musst mir die Wahrheit sagen. Warum bist du von hier weggegangen? Bloß wegen einer kleinen Meinungsverschiedenheit mit Mama? Bloß weil ihr eine politische Auseinandersetzung hattet? Das glaubst du doch selbst nicht!»

Sein Vater sah ihn an. António ertrug diesen Blick nicht und wandte sich ab. Er betrachtete die im Sonnenlicht glänzenden Dächer vor dem Fenster, sah ein Stück des Tejo und die Frachter, die im Dunst etwas gespenstisch aussahen, dahinter die Christusstatue, die mit ausgebreiteten Armen nach Lissabon herüberschaute. Wer dort drüben, auf der anderen Seite des Tejo aufwuchs, war von vornherein auf der Kehrseite des Lebens. António kannte dieses Gefühl gut, und er konnte sich genau vorstellen, dass sein Vater nichts anderes wollte, als auf diese Seite des Tejo, nach Lissabon, zu kommen, denn auch er war wie sein Vater in Cacilhas aufgewachsen, in einem jener Kaninchenställe, die aus der Entfernung wie eine endlose Betonwand wirkten, aber so klar und deutlich wie in diesem Augenblick hatte er diesen Unterschied noch nie gesehen. Wäre er nicht nur zwei Monate, sondern eine ganze Kindheit hier mit dieser Aussicht über die Dächer und den Tejo aufgewachsen, hätte er vielleicht einen anderen Weg eingeschlagen. Dort drüben, zwischen den Wänden der Wohnsilos, gab es zunächst die Abgrenzung nach oben, dann die zur Seite und schließlich auch diejenige nach unten, was zu einer perfekten Einigelung führte, der António sich erst bewusst geworden war, als er sich entschlossen hatte, die Perspektive auf die Christusstatue zu wechseln. Aber dazu brauchte es weder eine Revolution noch einen Diebstahl, er war einfach seinem Wunsch nachgegangen. Und wenn er nun auch verstehen konnte, warum seine Mutter sich so darüber aufregte, dass er nach Lissabon zog, schließlich war ihr nichts anderes geblieben, als es zu akzeptieren.

Er spürte den Körper seines Vaters im Rücken, die Müdigkeit der langen Reise in den Gliedern, den Mangel an Schlaf. Das schwere Atmen war nun ganz nah. Diese Nähe war plötzlich wie eine Bedrohung. Dieser Körper, der ihm als Kind gefehlt hatte und der nun so schwer und so unumstößlich da war, dass es ihn beinahe ekelte. Er ertrug es nicht, dass sein Vater sich so dicht zu ihm stellte und über seine Schulter hinweg zum Fenster hinausschaute. Er spürte den Atem im Genick und drehte sich um. Francisco stand jedoch mindestens zwei Meter weiter weg mitten im Raum und schaute sich die Decke an. António griff sich ans Genick, rieb sich den Hals, ihn fröstelte. Dann drehte er sich wieder zum Fenster.

«Das hätte dein Zimmer werden sollen», hörte er seinen Vater sagen.

«Hör doch auf mit dem Gelaber! Ist doch lächerlich! Diese Hütte steht seit über dreißig Jahren leer, schau sie dir an! Was soll denn das?»

Er löste sich vom Fenster und sah seinen Vater, wie er in die Hocke ging und nach ein paar Brocken Gips griff. Langsam drehte er die Bruchstücke nach allen Seiten, schaute sich eins der Teile genauer an. António trat mit dem rechten Fuß in den Schutt, schleuderte einen Gipsbrocken an die Wand und marschierte an seinem Vater vorbei zur Tür hinaus. Unten strich er mit der Hand über das hohe Gras und spürte das leichte Kitzeln der Halme. Von allen Seiten hörte er plötzlich das Raunen und Dröhnen der Stadt, eine Polizeisirene zog am Tejo unten vorbei, Kinder spielten irgendwo. Zwei Straßen weiter oben stand Silvios alter Peugeot wie ein treuer Hund. Längst war es Zeit, ihn zurückzubringen.

V

Es regnete, als Francisco damals, vor mehr als vierzehn Jahren, aus dem kleinen Flugzeug stieg und zusammen mit den wenigen anderen Fluggästen über den Asphalt zur Glastür marschierte, an den Abschrankungen vorbei in die unterirdischen Gänge bis zu den Rolltreppen, vorbei an Werbeplakaten, erleuchteten Vitrinen, grellen Wandmalereien. Kurz vor dem Zoll war er sich nicht sicher, ob er Angst hatte, oder ob es die Erleichterung war, die ihn leicht frösteln ließ. In der Tasche hatte er die Adresse eines fernen Verwandten, und er konnte ein paar Brocken Französisch von der Schule her, wechselte die letzten Reste Escudos in Schweizer Franken. Beim Bahnhof setzte er sich in ein Café, wo er blieb, bis es dunkel wurde. Draußen marschierten die Leute zielstrebig irgendwohin, hatten Aufgaben, machten sich nützlich. Sie hatten ihre Kragen hochgeklappt, und die Hände steckten in den Taschen, Regenschirme schwebten durch die Luft, das Wasser plätscherte auf die Pflastersteine. Francisco zögerte, seinen Verwandten anzurufen. Wie sollte er sich erklären, was sollte er sagen, wie würde er empfangen werden? Er saß auf der Holzbank am Fenster und schaute den Leuten zu, als betrachte er ein Schauspiel. Er war Zuschauer, nichts weiter. Was geschehen war, war geschehen. Er hatte Felipe draußen stehen sehen und gerufen, er hatte ihn gerufen und noch einmal gerufen. Alles nützte nichts, er hätte jetzt schreien können, die Glasscheibe zerschlagen, die Kaffeetasse an die Wand schmettern, es würde nichts ändern, Felipe lag da unten, regungslos, Blut floss über den Betonboden, er hatte es genau sehen können, vom Hinterkopf langsam vom Körper weg. Das Licht des Scheinwerfers spiegelte sich darin, irgendwie festlich in dem dunklen Rot, und Francisco fragte sich, was daran wohl festlich sei. Er stand auf der Werft und konnte nichts tun, stand nur da, bleiern, als wäre er Teil dieses Krans, ein tragendes Element der Eisenkonstruktion. Er schaute hinunter, die zehn oder fünfzehn Meter auf die Ladefläche des Tankers, auf dem sich nichts regte. Francisco war warm und kalt, im Magen spürte er eine Umkehrung der Schwerkraft, spürte den Geschmack von Galle auf der Zunge, und als er mit dem Handrücken über seine Stirn fuhr, war sie nass. Langsam kroch das Zittern von den Knien hoch in die Hände, erfasste seinen ganzen Körper. Er überlegte, was geschehen war, versuchte zu rekonstruieren, wie es sich abgespielt hatte, aber statt eines klaren Verlaufs der Ereignisse sah er nur die Tanker im Scheinwerferlicht, die vielen Kranenarme der Werft Lisnave, wo er selbst seit einigen Jahren arbeitete, die Lastwagen, ein paar Autos auf vorgezeichneten Feldern, er sah das Gelb und Grün der Container auf den Schiffen und dann das Rot auf der Ladefläche unten, wie es sich langsam und kontrolliert ausbreitete.

Draußen vor dem Café marschierten die Leute noch immer zielstrebig vorbei. Hin und wieder trat jemand ein, setzte sich an einen Tisch, bestellte Kaffee oder ein Glas Wein. Francisco zerbröselte einen Bierdeckel und sammelte die Krumen in der Kaffeetasse, bestellte ein Bier, zählte die paar Münzen, die er sich zurechtgelegt hatte, bevor er seinen Verwandten anrufen würde. Es reichte gerade für ein Glas. Er war kein Freund des Alkohols gewesen damals. Das ganze Studium über hatte er sich ferngehalten davon, auch wenn viele seiner Freunde sich nicht zurückhielten, ihn zu irgendwelchen düsteren Gelagen mitzuschleppen. Wenn er seine betrunkenen Freunde sah, machte ihm das Angst. Die seltsame Veränderung, die der Alkohol mit ihnen anstellte, war befremdend und langweilig. Oft hatte er etwas abseits gesessen und dem gähnenden Gelalle zugehört, bevor er, wieder einmal in seiner Überzeugung bestätigt, leise davon und nach Hause schlich. Aber dieser erste Schluck Bier in Genf war eine überwältigende Erfrischung. Francisco spürte, wie die kalte Flüssigkeit durch seine Kehle rann, wie sich sein Rücken und die gesamte Muskulatur lockerte. Er streckte die Arme weit über seinen Kopf, spreizte die ineinander gefalteten Finger und ließ die Gelenke knacken. Er nahm einen zweiten Schluck Bier und leerte in einem dritten das Glas. Dann betrachtete er den Restschaum, schaute auf die nasse Straße hinaus und hob, ohne zu überlegen, den Zeigefinger in die Luft, erwischte den Blick des Kellners und tippte an das leere Glas, obwohl er wusste, dass er für ein zweites Bier den druckfrischen Hundertfrankenschein, den er am Flughafen gegen ein Bündel zerknitterter Escudos erhalten hatte, einlösen musste. Er legte ihn vor sich hin auf den Tisch und betrachtete den darauf abgebildeten Kopf. Alle Länder der Welt hatten irgendwelche Köpfe auf ihren Geldscheinen, Ornamente und Köpfe, Nummern und Zeichen, aber das Wichtigste schienen diese Köpfe zu sein, von denen auch die Einheimischen kaum wussten, wen sie darstellten, was diese Personen geleistet hatten, um derart in Umlauf gebracht zu werden. Er betrachtete den etwas ältlich wirkenden Wuschelkopf auf dem blauen Schein und sah wieder das zerschlagene Gesicht Felipes, die verdrehten Glieder, dieses reglose Bild ohne Ton, den rot getünchten Betonboden, die menschenleere Straße. Dass er noch am selben Tag ein Flugticket bekommen würde, hatte ihn überrascht. Kurz darauf saß er in Genf in einem Café und nippte am zweiten Glas Bier, hörte die Menschen um sich herum in dieser geschliffenen, süffisant wirkenden Sprache reden, war erstaunt, dass er hin und wieder ganze Sätze verstand, wenn er genau hinhörte sogar kleine Dialoge. Dass etwas Vertrautes in dieser Sprache lag, hätte er nicht gedacht, nicht unter diesen Umständen. Als würde ihn diese andere Sprache, auch wenn sie einen Graben zwischen ihn und die Welt zog, von jeglichem Vorwurf, von aller Schuld, die er auf sich geladen hatte, freisprechen.

Das Telefon befand sich im Untergeschoss neben dem Pissoir, ein Gemisch aus Pisse und Chlor stieg ihm in die Nase, während er die Nummer wählte, die er zu Hause auf die Rückseite des Fotos von Maria geschrieben hatte, ein Foto aus den ersten Jahren. António war gerade zwei oder drei Jahre alt gewesen und stand Händchen haltend schüchtern neben ihr. Er hatte es seit Jahren in seinem Portemonnaie gehabt, aber diesmal war es die Rückseite, die ihn interessierte, ein paar Zahlen, die über sein Schicksal, sofern es in Genf für ihn eins geben konnte, bestimmen würden.

An dieses Telefonat, das nun mehr als vierzehn Jahre zurücklag, und was alles daraus gefolgt war, dachte Francisco, als er mit António langsam die Straße hinunter Richtung Cacilhas fuhr, mitten in ein Wirrwarr von Straßen, Kreuzungen und Hochhäusern. Überdimensionale Plattenbauten reihten sich aneinander, kleine Balkone stapelten sich wie Kisten über- und nebeneinander, Blumen, Fahrräder, Wäsche, hin und wieder ein altes Gesicht, Autos verbarrikadierten die engen Straßen.

Als António auf den Gehsteig fuhr, den Motor ausmachte und den Schlüssel raus zog, hatte Francisco keine Ahnung mehr, wo sie waren, obwohl er doch nicht weit von hier aufgewachsen war. António schaute ihn ernst und bestimmt an, als wolle er ihn zu etwas auffordern, ihn bitten, auszusteigen, vorauszugehen, den ersten Schritt zu tun, und saß selbst unbeweglich neben ihm am Steuer, schaute wieder durch die Windschutzscheibe auf die Straße hinaus, die sich zwischen den beiden Hochhäusern wie eine Schlucht auftat, eine finstere, enge Spalte zwischen grauen, kantigen Felswänden, voll gestellt mit Autos, Motorrädern, Ampeln, Schildern.

«Da sind wir», sagte António, und Francisco überraschte die Ruhe, die nun in der Stimme seines Sohnes lag, die fast überhebliche Selbstsicherheit. Eben hatte er ihn noch angeschrien, war die Treppe hinunter gerannt und hatte an der Straße die Autotür vor seiner Nase zugeknallt, dann bis hierher geschwiegen. Dabei hatte er seinem Sohn nur einen Teil seiner Geschichte zeigen und erklären wollen. Er fragte sich, während er die Fassaden der Gebäude betrachtete und den paar vereinzelten Passanten nachschaute, was denn keine Farce war im Leben. Was, außer der Tatsache, hier neben seinem Sohn in einem kleinen, alten Peugeot zu sitzen und nicht in der Lage zu sein, mit ihm zu reden, hatte denn auch nur den Hauch von Wichtigkeit? Und plötzlich schien ihm sogar dieser Augenblick und alles, was ihm in den nächsten Augenblicken bevorstand, nichts weiter als ein billiger Witz, und er musste lachen, lachte über die Absurdität dieser Situation, versuchte, das Lachen in ein Husten zu verwandeln, was ihm aber nicht gelang.

«Warum lachst du?»

«Nichts», sagte er, «es ist nichts.»

Draußen marschierte eine alte Frau mit prall gefüllten Plastiktaschen vorbei, ein Kind trottete hinter ihr her, bückte sich, hob etwas vom Boden auf, das er nicht erkennen konnte, betrachtete den Kiesel oder was es war, als wär's ein Diamant, rief seiner Großmutter hinterher, die in ihrem langsamen, wankenden Schritt unbeirrt weitermarschierte, bis das kleine Mädchen sie eingeholt hatte, sie am Rock zerrte, an die Hand nahm, ihr den Diamanten hinstreckte, aber die alte Frau machte bloß eine kaum merkliche Bewegung zu ihrem Enkel hin und marschierte dann weiter, geradeaus an den Autos entlang bis zur nächsten Kreuzung. Francisco versuchte sich vorzustellen, wie Maria aussehen würde, ob sie sich verändert hatte, ob er sich auf eine alte Frau gefasst machen musste, oder ob sie dieselbe geblieben war. Vierzehn Jahre waren eine lange Zeit für eine Trennung, und wiederum kurz, wenn sie vorüber waren. Vieles in dieser Gegend kannte er noch, vieles war so geblieben wie damals, ein paar Häuser waren hinzugekommen, einige gigantische Neubauten, da und dort eine Straße, aber vieles stand noch so da, als wäre er gar nie weg gewesen. Er hätte sich in Cacilhas in ein Café stellen können und womöglich dieselben Kumpels wie damals getroffen, hätte mit ihnen ein paar Worte gewechselt, einen Kaffee getrunken und wäre dann nach Hause spaziert.

«Komm, ich zeig dir, wo ich aufgewachsen bin», sagte António. Er hatte die Tür bereits geöffnet. Dann stieg er aus und stellte sich vorn an die Kühlerhaube. Mit verschränkten Armen und zugekniffenem Mund wartete er darauf, dass Francisco sich aus der kleinen Kiste stemmen würde. Er nahm António die Gelassenheit nicht ab, wusste selbst nicht recht, was er von diesem Wiedersehen erwarten sollte, wusste nicht einmal, ob er sich darauf freute oder sich davor fürchtete. Es war schön, diesen Ort wieder zu sehen, so unverhofft, so plötzlich, obwohl er ja viele Stunden gehabt hatte, um sich auf den Augenblick vorzubereiten. Aber die mehr als vierundzwanzig Stunden Fahrt hatten nicht gereicht, um wirklich zu verstehen, was mit ihm geschah, was sein Sohn mit ihm anstellte. Und nun war er da, und es blieb ihm nichts anderes, als mit António die Straße hinunterzugehen, sich in ein Treppenhaus fahren zu lassen, den Lift zu nehmen und in diese kleine, voll gestellte Wohnung zu treten. Es roch nach einem Parfum, das er in Genf schon mehrmals im Lift des Hauses, in dem er seit ein paar Jahren wohnte, gerochen hatte, und diese Übereinstimmung, dieses Wiedererkennen eines Geruchs verblüffte ihn eine Sekunde lang so sehr, dass er nicht bemerkte, wie António sofort in einem Zimmer verschwand, ein paar Türen aufriss und wieder zuwarf, schließlich an eine letzte Tür klopfte und nach Teresa rief.

Es dauerte eine Weile, bis eine feine Mädchenstimme sich von innen meldete und António etwas verärgert mit Gleich! vertröstete. Francisco hatte sich so sehr darauf konzentriert, in diesem Augenblick Maria zu begegnen, dass er ganz vergessen hatte, was er seit Antónios Bericht in Genf ja schon wusste. Francisco hatte, ohne es zu wissen, seit vierzehn Jahren eine Tochter, und dieses Mädchen war es, das sich da drinnen im Badezimmer gerade schminkte, als wäre sie gewarnt worden, als würde sie sich extra für ihn schön machen. Dann ging die Tür auf

«Muss gleich weg!», rief sie, und ein etwas zerzauster Haarschopf wirbelte durch den Gang zum Wohnzimmer hinüber. Dann blieb sie stehen.

«Nein!», schrie sie, als sie Francisco an der Wohnungstür entdeckte, riss sofort den Pullover an sich, der im Wohnzimmer auf einem Sessel lag und presste ihn gegen ihre Brust. Sie starrte ihn an. Ihr Gesicht war hell und frisch, die Lippen von einem satten Rot, die Augenbrauen mit einem dünnen schwarzen Strich verstärkt, sie steckte in verwaschenen Jeans und trug nur einen Büstenhalter.

«Du fragst nicht mal, wie es war?». António ging auf sie zu und küsste sie auf die Wange.

«Wie was war?»

«In Genf.»

«Ach so, ja, wie war's denn? Aber wer ist das?»

António nahm seine Schwester bei der Hand.

«Komm, Teresa, ich stell ihn dir vor.»

«Ist er das?»

Sie kamen auf ihn zu, beide, Hand in Hand wie zwei kleine Kinder, und dabei waren sie doch schon beinahe erwachsen. Francisco fühlte sich stark in diesem Augenblick, groß und mächtig, er hatte das Gefühl, beschützend auf seine beiden Kinder hinunterzuschauen, verspürte den Drang, sie in seine Arme zu schließen, sie aufzunehmen, sie zu sich zu nehmen. Alles hätte er dafür gegeben, diese beiden Geschöpfe glücklich zu machen. Aber stattdessen streckte er nur seine Rechte vor und drückte Teresas kleine, feine Hand, während sie vor Schreck nur dastand und den Händedruck vergaß. Die Hand seiner Tochter fühlte sich warm und weich an, und Francisco befürchtete beinahe, er könnte sie mit seiner Riesenpranke zerdrücken.

«Papa, das ist Teresa ... Teresa, das ist Papa.»

«Ach», war Teresas Antwort nur. Dann standen sie alle drei da und schauten sich an, bis António sich plötzlich abwandte.

«Lasst uns was trinken», sagte er und verschwand in die Küche.

«Ja, lasst uns was trinken», wiederholte Teresa, folgte ihm, und Francisco stand allein vor der Wohnungstür und überlegte, ob er nun den beiden in die Küche folgen oder ins Wohnzimmer gehen sollte. Er war mit dieser Frage so beschäftigt, dass er keins von beidem tat, bis António mit einer Flasche und Terasa mit vier Gläsern aus der Küche traten.

«Komm, mach's dir bequem, wir setzen uns ins Wohnzimmer.» António sagte das mit viel Schwung, und das Bemühen um Entspannung war nicht zu überhören. Francisco ging langsam auf die Tür zu, die ins Wohnzimmer führte. Nie hatte er sich an einem Ort so fremd gefühlt wie in diesem Augenblick in der kleinen Wohnung seiner Familie in Cacilhas. Einige der Möbel erkannte er wieder. Die Wohnwand hatte er selbst gekauft und etwas aufgefrischt, das Sofa stammte von einem Händler aus Belém, damals hatte er noch kein Auto besessen und musste sich von einem Freund eins leihen, um dieses Unding nach Alfama zu transportieren. Wo er hinschaute, stieß er auf bekannte Gegenstände, Erinnerungen, die wie lose Fetzen über das Wohnzimmer verstreut waren. Und dann saß da seine Tochter, die er nie gesehen, von der er nie etwas gewusst hatte, und nun war sie bereits vierzehn. Was hatte er bloß alles verpasst in den Jahren, was war alles geschehen ohne ihn? Und jetzt sollte er sich plötzlich an die Seite seiner Kinder setzen auf dieses Sofa, das er vor über zwanzig Jahren mit einem geliehenen Auto in die Dachwohnung bei seinen Eltern, wo sie damals wohnten, verfrachtet hatte, dann hinüber nach Lissabon in das kleine Haus, das nun eine Ruine war. Er drehte sich um und wollte die Jacke wieder anziehen, die er beim Eintreten aus Höflichkeit abgelegt hatte. Aber António nahm ihn am Arm und zog ihn in das Wohnzimmer zurück, bis zum Tisch, riss den Korken aus der Flasche und schenkte ein.

«Da, Papa, zur Feier des Tages!»

«Du bist also mein Papa?», sagte Teresa, die auf das Sofa gesunken war, alle Glieder von sich streckte und nun eine Hand zur Stirn führte.

Francisco zögerte, griff nach dem Glas, wusste nicht recht, wo er sich hinstellen sollte, wandte sich an António.

«Wo ist Maria ... ich meine, eure Mutter?»

«Mama kommt gleich, sie arbeitet bis fünf und sollte gleich da sein.»

«Ist sie noch immer bei der Zeitung?»

«Nein, sie ist Redakteurin beim Radio. Hat sie denn mal bei der Zeitung gearbeitet?»

«Lasst uns anstoßen! Prost! » , unterbrach António das Gespräch und hob das Glas.

Sie tranken.

Neben dem Sofa stand eine kleine schwarze Vase mit kreisförmigen, eingeritzten Verzierungen. Francisco hatte sie Maria geschenkt, als sie sich kennen gelernt hatten, am zweiten oder dritten Tag. Es war ein plumpes Geschenk gewesen, und er hatte sich nachträglich Vorwürfe gemacht, dass er seiner zukünftigen Frau nicht Schmuck oder ein Parfüm geschenkt hatte, aber die Vase schien sie trotzdem zu freuen, und nun stand sie noch immer in diesem Wohnzimmer, dem Wohnzimmer seiner Familie, in welchem er selbst nie gelebt hatte, aber dennoch, gerade weil er so viele Gegenstände und Möbel wieder erkannte, das seltsame Gefühl nicht loswurde, seit eh und je Teil dieses Lebens gewesen zu sein. Und noch bevor er auf irgendeine Frage von António oder Teresa hätte antworten können, schenkte ihm António bereits wieder nach, denn sein Glas war versehentlich in einem Schluck leer geworden. Es war ein etwas säuerlicher Weißwein mit herbem, starkem Nachgeschmack. Francisco hätte es interessiert, was für ein Wein das war, aber vom Sofa aus schaute ihn Teresa mit stechenden Augen an, wandte den Blick nicht von ihm, musterte ihn von oben bis unten, während sie an ihrem Glas nippte.

«So hab ich mir dich nicht vorgestellt», sagte sie plötzlich. Francisco wusste nicht, ob er diesen Satz als Kompliment, als Kritik oder als Scherz nehmen sollte, und aus der Art, wie sie ihn betrachtete, wurde er nicht schlauer.

«Kein Wunder», setzte António hinzu, «wir hielten ihn ja für tot. Dieser hier aber ist lebendig, mit Leib und Seele!»

Francisco lachte. Obwohl daran eigentlich nichts besonders Lustiges war. Und sein Lachen steckte die beiden an. Die Blicke kreisten wieder zwischen ihnen, und plötzlich lachten sie alle drei, schüttelten sich richtig, und Francisco musste das Glas Wein auf den Tisch stellen, um nichts zu verschütten. Durch das Fenster sah er die Fassade des gegenüber liegenden Wohnblocks, die kleinen Balkone, wieder Wäsche, Fahrräder, vereinzelt Pflanzen und schräg über ihnen das Gesicht eines Mannes in seinem Alter, der sich über das Geländer beugte und auf die Straße hinunterschaute, dann den Kopf hob und kurz seinen Blick kreuzte, verharrte, ihn anstarrte, für eine Sekunde nur, dann in seiner Wohnung verschwand. Von hier aus schien die Straße noch enger, noch dunkler, die gegenüberliegenden Fenster hatten etwas Bedrohliches, als würden sie sich absichtlich rund um dieses Wohnzimmerfenster drängen und lauschen, beobachten, schwatzen, verraten, aber was ging es den Nachbarn an, was sich hier in diesem Zimmer abspielte, und was wusste der denn von all dem, was diesem Tag vorausgegangen war, wenn er, Francisco, selbst nicht einmal die Hälfte der ganzen Geschichte kannte. Er betrachtete seine beiden Kinder, António und Teresa, zwei fremde Menschen in einem Wohnzimmer voller Möbel, die er kannte und doch nicht kannte.

Es war ihm schleierhaft, wie er die langen Augenblicke überstanden hatte, bis das Drehen des Schlüssels an der Wohnungstür zu hören war und Marias Ankunft ankündigte. Teresa riss sich vom Sofa hoch, António stellte das Glas auf den Tisch und steuerte in Richtung Küche, sodass Francisco allein am Esstisch im Wohnzimmer saß, das leere Weinglas vor sich, das Fenster und die kompliziert verwinkelte Fassade des anderen Wohnblocks im Rücken. Er hörte die Kinder Maria begrüßen, hörte die Aufgeregtheit aus der Art, wie sie sie empfingen, und dann Marias unverkennbare Stimme, die er so lange nicht mehr gehört hatte, ihm aber noch so vertraut und warm erschien, als wäre er niemals weg gewesen.

«António, wo warst du denn so lange?», hörte er sie sagen und sah sie ganz kurz an der Wohnzimmertür vorbeihuschen.

«Ich habe dir eine Überraschung mitgebracht. Komm!»

António erschien im Türrahmen. Hinter sich zog er Maria an der Hand herein. Sie hatte sich kaum verändert. Ihr Haar war an manchen Stellen grau geworden, aber ihr Gesicht war noch so geschmeidig und fast so straff wie damals. Francisco stand auf und warf in der Aufregung das Weinglas um, das über den Tisch rollte, zu Boden fiel und zersprang. Teresa schoss hinter Marias Rücken hervor, langte nach einer Serviette und begann, die Scherben zu einem kleinen Haufen zusammenzuschieben.

«Oh, das tut mir leid», stammelte Francisco gerade noch, bevor Maria «Francisco!» schrie, die Hände an den Kopf warf, ihn dann mit offenem Mund anstarrte und einfach stehen blieb. Er wollte ihr die Hand entgegenstrecken, sagte kaum hörbar «Maria!» und stellte fest, dass er sich weder vorwärts noch rückwärts bewegen konnte, weil er zwischen Stuhl und Tisch eingeklemmt war. Dann schob er den Stuhl hinter sich weg und wand sich um den Esstisch herum.

«Maria ... », mehr brachte er nicht hervor. Sie legte ihre Hände vor den Mund, als müsste sie einen Schrei unterdrücken, starrte ihn einfach nur an und holte endlich wieder Luft.

«Wie kommst du denn hierher?»

Sie schauten sich an. Teresa trug die Glasscherben weg.

«Ich hab ihn hergebracht», sagte António endlich und brach damit die unerträgliche Stille.

«Du warst in Genf?»
«Ja, Silvio hat mir sein Auto geliehen.»
«Mit dem Auto? Bist du verrückt! Das ist doch viel zu gefährlich!»
«Es ist ja nichts passiert, Mama, ich bin ja wieder da.»
«Aber wieso ... was ... das ist doch nicht wahr!»
Maria setzte sich auf einen Stuhl. Francisco bemerkte, dass er noch immer die Arme zum Gruß ausgestreckt hatte, und ließ sie sinken. Maria starrte ihn an, und er wäre am liebsten gestorben. Warum hatte er sich in diese Wohnung bringen lassen, in dieses Leben, das nicht seins war, was hatte er hier verloren? Er wünschte sich in den Garten von Monsieur Oh!, wünschte sich einen Autoschwamm in die Hand und die sichere Erwartung eines Biers mit Jean, aber nun stand er da und schwitzte, spürte seinen feuchten Nacken, spürte das Hemd an seinem Rücken kleben, hatte Lust, von hier wegzugehen, die Straße hinunterzumarschieren, allein, und für immer zu verschwinden, aber er fühlte sich schwer und fett und hässlich und konnte sich keinen Millimeter bewegen. Maria saß wie erschöpft auf dem Stuhl und ließ ihren Blick unangenehm lange auf ihm ruhen. Francisco schaffte es nicht, ihn zu erwidern, und starrte zu Boden. Sie wusste genauso wenig wie er, was sie sagen sollte. Plötzlich stand sie auf und verschwand in der Küche. Francisco hörte, wie sie António beschimpfte und ihn für die hirnlose Autofahrt rügte, sich über zwei schmutzige Gläser in der Spüle aufregte und Teresa Befehle für das Abendessen erteilte. Francisco überlegte, ob er diese Situation nutzen sollte, um die Wohnung zu verlassen, aber er stand noch immer da wie angegossen. Er setzte sich. Es war zu spät. Irgendetwas musste sich

nun ereignen, musste erst ausgesprochen werden, bevor er hier wieder raus kam, aber er hatte keine Ahnung, was es sein sollte. Es war, als müsste er diesen Abend nun über sich ergehen lassen wie eine Strafe, nun hatte er den Preis dafür zu bezahlen, was er vor vierzehn Jahren angestellt hatte. Vielleicht war es das, was sein Sohn wollte, vielleicht konnte er damit einen kleinen Teil dessen, was er ihm anscheinend angetan hatte, wieder gutmachen. Und allein die Möglichkeit, dass es so sein konnte, machte ihm Mut, nun hier am Tisch sitzen zu bleiben, abzuwarten und sich dem, was kommen mochte, zu stellen.

Aber es kam anders. Maria erschien mit einer Portweinflasche, setzte sich ihm gegenüber und schenkte ein. Sie lächelte sogar, und als Francisco sie nun so vor sich sah, wie sie die Gläser füllte, erkannte er in diesem Gesicht wieder die Maria von damals, seine Frau, in die er sich verliebt, die er geheiratet und mit der er die erste Schwangerschaft und Antónios Geburt durchgestanden hatte. Sie rief die beiden Kinder heran, und gemeinsam ließen sie die Gläser klingen. Für einen kurzen Augenblick dachte Francisco an den Traum, den er gehabt hatte, an Felipe, der ihm die Hand schüttelte wie zur Versöhnung. Dann kommandierte Maria die Kinder in die Küche und begann ihn auszufragen. Er musste alles erzählen, wo er lebte, was er arbeitete, wie es dem Verwandten ging, den Francisco damals in Genf als Ersten kontaktierte. Und als António mit einer Schüssel Salat aus der Küche kam und diese auf den Tisch stellte, war die ganze Angst verflogen. Im Nu war der Tisch gedeckt, und ein ganzes Menü wurde aufgetragen. Maria setzte sich an seine Seite, António an die andere, und Teresa trug eine Platte mit gedünstetem Gemüse auf.

«Ist Teresa nicht eine wunderbare Köchin?», rief António und schwang den Löffel. Teresa lachte und setzte sich Francisco gegenüber. Wie die beiden es geschafft hatten, in so kurzer Zeit ein ganzes Festmahl zuzubereiten, war ihm ein Rätsel. Maria saß still neben ihm und ließ sich von António das Essen servieren, lächelte hin und wieder über die Witzeleien ihrer Kinder. Das Essen schmeckte ausgezeichnet, und Francisco fragte Teresa, wo und wie sie das alles gelernt, wie sie den Barsch zubereitet habe, die spezielle Sauce. Maria hörte Teresa gespannt zu, und an ihrem Lächeln war der Stolz abzulesen, den sie für ihre Tochter empfand. Sie redeten über das Quartier, die Leute, die Verwandten, wer gestorben war, wer geheiratet hatte oder weggezogen war, berieten über Teresas Zukunftswünsche, als Modedesignerin Karriere zu machen, und über Antónios Aussichten, als Architekt zu arbeiten. Francisco glaubte, noch Kollegen und Freunde zu kennen, die im Baugewerbe tätig waren, und versprach, einige von ihnen zu kontaktieren, um das Terrain für Antónios berufliche Laufbahn auszukundschaften.

Teresa fand schließlich einen vakuumverpackten Kuchen in den Vorräten, packte ihn aus dem Zellophan und legte ein Messer daneben. Francisco war fröhlich und entspannt. Niemals hätte er daran geglaubt, dass er hier in Cacilhas einen so schönen Abend mit seiner eigenen Familie erleben würde. Während er seine Kinder beim Reden beobachtete, bemerkte er, dass er das Gefühl, eine Familie zu haben, schon seit vielen Jahren nicht mehr kannte. Er hatte sich schon so an das Junggesellendasein gewöhnt, an seine Einsamkeit, dass es ihn jetzt etwas befremdete, als Vater hier an diesem Tisch zu sitzen. Und trotzdem war es ein so friedlicher, gelungener Abend, bis António aufstand, in der Küche verschwand und mit Tassen, Milch und einer Kanne Kaffee an den Tisch zurückkam.

«Sag mal, Mama, wer ist eigentlich Felipe?», fragte er, stellte die Kanne in die Mitte des Tisches und verteilte die Tassen.

«Felipe?»

«Papa hat mir heute etwas von einem Felipe erzählt, kenne ich den?»

«António!», rief Francisco.

«Ach der! Der lebt doch schon lange nicht mehr.»

«Noch einer, der auf dem Meer verschollen ist?»

Maria schaute ihn streng an.

«Ich dachte, das hätten wir jetzt geklärt!»

«Was ist ihm denn zugestoßen?»

«António», versuchte es Francisco noch einmal, «lass uns ein andermal darüber reden!»

«Er ist auf der Werft von einem Kran gefallen.»

«Einfach so?»

«Das darf er doch wissen, oder etwa nicht?», wandte sich Maria an Francisco, und es war das erste Mal seit dem Beginn des Essens, dass sie ihm einen bösen Blick zuwarf.

«Hast du das gewusst?», fragte António.

Francisco griff nach der Kaffeetasse.

«Ja, das heißt, nicht richtig, ich hab es später erfahren.»

«Warum hast du davon nichts erzählt?»

«Es ging um etwas anderes.»

«Hat das etwas mit dir zu tun?»

«António, bitte», sagte Francisco, «lass uns ein andermal darüber reden!»

Maria warf die Serviette auf den Tisch, stand auf, drängte sich hinter ihm durch und zog eine Schublade der Wohnwand auf. Vorsichtig holte sie eine kleine Holzkiste daraus hervor und knallte sie auf den Tisch. Francisco betrachtete die Kiste, dann seine Frau. Sie starrte auf den Tisch und sah plötzlich gealtert aus. Er sah die Falten in ihrem Gesicht, die fast graue Umrandung der Augen. Die kleine Holzkiste trug ein kompliziertes, eingeschnitztes Ornament. Vorne war sie mit einem kleinen Schnappschloss versehen, das man nur mit einem Schlüssel öffnen konnte. Maria warf ihm den Schlüssel hin.

«Nimm es, es ist deins.»

Er nahm den Schlüssel und öffnete das Schloss.

«Was hast du denn da versteckt?», sagte António.

«Na los, mach schon auf. Was ist drin?»

Francisco hob den Deckel. In der Kiste lagen mehrere Bündel Banknoten.

«Was ist das für Geld?» António liess die Scheine durch seine Finger flattern.

«Ich will es nicht. Nimm es, es gehört dir», sagte Maria trocken.

Francisco betrachtete die sauber gebündelten Scheine, nahm einen Packen in die Hand.

«Dieser Carlo in Genf, der uns immer Geld schickte, das warst doch du, nicht wahr?»

«Und du hast dieses Geld über all die Jahre vor uns versteckt?», rief António. «Uns nichts gesagt? Da schickt uns unser Vater über Jahre hinweg Geld, und du behältst es unter Verschluss?»

«Jetzt hör mal zu, António, euer Vater hat sich über all die Jahre versteckt gehalten, hat sich nie offen zu erkennen gegeben. Ich konnte nur vermuten, dass er es war, der uns da Geld schickte. Und wenn er es war, dann hatte er seinen ganz bestimmten Grund dazu. Und mit diesem Grund haben wir nichts zu tun, verstehst du, das geht uns nichts an! Dieses Geld gehört uns nicht!»

«Mama! Was redest du denn da? Was für ein Grund? Du weißt so gut wie wir, wie viel es uns gekostet hat, in die Schulen zu kommen, die wir nun endlich besuchen! Wie hast du dieses Geld nur über all die Jahre versteckt halten können! So ein Stumpfsinn!»

«António! Lass sie doch mal ausreden!», mischte sich Teresa ein.

«Ist doch wahr! Und was für ein Grund? Meinst du etwa das geliehene Geld für das Haus?»

«Das gestohlene!»

«Was ist denn nun mit diesem Haus? Gehört uns das nun, oder gehört es uns nicht?»

«Was für ein Haus?» Teresa verstand gar nichts mehr. Maria schwieg. Francisco starrte auf die Holzkiste auf dem Tisch und fragte sich, wie viel Geld sich darin über all die Jahre wohl angesammelt hatte.

«Was für ein Haus? Wovon redet ihr?», fragte Teresa wieder.

Maria zögerte. Sie schaute auf den Tisch, als sie es sagte. «Ich hab's verkauft und das Geld zurückgegeben.»

«Warum erklärt mir denn hier niemand was!», ärgerte sich Teresa. «Sagt mir doch endlich, wovon ihr redet!»

«Ich erklär dir das späten», zischte António und stand auf.

«Was für ein Stumpfsinn! Mama! Erst lügst du uns an, dann versteckst du auch noch Geld!»

Maria begann zu weinen.

«António!», sagte Francisco, «warte!»

«Und was ist mit diesem verdammten Unfall? Was verheimlicht ihr uns da schon wieder?»

Maria stand auf, drängte sich um den Tisch zur Tür, blieb eine Sekunde stehen, zögerte, verließ dann aber das Wohnzimmer und warf die Schlafzimmertür hinter sich zu. António folgte ihr und verschwand in der Küche. Francisco starrte auf die Holzkiste. Sie war erstaunlich schön. Er klappte den Deckel zu und schob sie in die Mitte des Tisches. Teresa stellte ein paar Teller aufeinander. Francisco wollte ihr helfen, blieb aber einfach nur sitzen und bewegte sich nicht mehr. Als Teresa die Teller hinaustrug, entdeckte er die Weinflasche auf dem Tisch und bemerkte, dass sie noch halb voll war. Es war die zweite oder dritte Flasche, die António entkorkt hatte. Er griff nach ihr, schenkte sich ein Glas ein, trank es in einem Zug leer, schenkte sich ein zweites ein, dann ein drittes und schließlich ein viertes, das er nur noch zur Hälfte austrank und vor sich hinstellte. Er hörte António und Teresa draußen in der Küche ein paar hitzige Worte wechseln, aber ihre Stimmen klangen fremd und hallten ein wenig, als würden sie sich in einem großen, weiten Raum befinden. Er spürte den Schweiß an seinem ganzen Leib, spürte das Gewicht seiner Masse auf den Knochen, senkte den Kopf und betrachtete seine Hände, die nass waren vor Schweiß wie diejenigen eines kleinen Schuljungen. Er rieb sie aneinander, und es ekelte ihn selbst vor seinen fleischigen Pranken, strich sie an der Hose ab, rieb sie noch einmal aneinander, aber die Handflächen wollten nicht trocken werden. Dann stand er auf, griff nach seinem Jackett, das er über die Rückenlehne des Sofas gelegt hatte, und verließ die Wohnung. Er setzte sich draußen ins Auto, schlug die Tür zu, starrte auf die Straße hinaus, öffnete die Autotür noch einmal und schlug sie mit mehr Schwung zu, öffnete sie noch einmal und riss sie mit so viel Kraft ins Schloss, dass das Handschuhfach aufsprang. Er schlug die Klappe zu, aber sie fiel sofort wieder runter, dann knallte er sie ein paar Mal hintereinander hoch, bis er aufgab und das offene Handschuhfach anstarrte. Er hätte António ohrfeigen können für seine Dummheit, für seine Sturheit, mit der er irgendetwas bereinigen wollte, was ihn nichts anging. Was versprach er sich denn von dieser Aufklärung? Leute kamen auf dem Gehsteig die Straße herunter, zwängten sich zwischen zwei Autos hindurch auf die andere Seite. Ein Wagen stand mitten auf der Fahrbahn und hupte, wartete und hupte wieder. An einem Fenster erschien ein Kopf, und ein paar Worte hallten durch die Straße. Er hätte es nicht riskieren dürfen, Maria auf diese brutale Weise zu konfrontieren. Wäre er hier in Lissabon geblieben, sie würden sich heute wohl kaum näher stehen. Vielleicht wäre er sogar der Nachbar von nebenan geworden, der von seinem Balkon aus in ihr Wohnzimmer schaute, und sie hätten sich hassen gelernt. Er fasste sich an seinen Bauch, der irgendwie schwerer wog seit ein paar Minuten, und plötzlich fühlte er sich alt. Er überlegte, wie er den Motor anmachen konnte, ein paar Kabel herausreißen und miteinander verdrahten, es wäre ein Leichtes gewesen, aber er legte nur die Hände auf das Armaturenbrett und starrte zu den Passanten hinüber, die wieder die Straßenseite wechselten. Oben verschwand der Kopf am Fenster, und nach ein paar Augenblicken kam ein junges Mädchen aus der Haustür, kunstvoll gekämmt und bis über beide Ohren geschminkt. Eine Autotür sprang vor ihr auf und der Wagen riss sie mit sich fort. Francisco blieb hier, eingeklemmt zwischen französischem Blech und Plastik, in der Stille sitzen.

Er hatte keine Ahnung, wie lange er im Auto gesessen hatte, als Teresa draußen ans Fenster klopfte. Sie lächelte, und Francisco war so verblüfft über dieses Lächeln, dass er ohne zu zögern das Fenster hinunterkurbelte.

«Willst du nicht hochkommen zum Schlafen?»

Francisco schaute sie an. Er hatte sich geschworen, keinen Fuß mehr in Marias Wohnung zu setzen.

«Bring mich in ein Hotel», sagte er kurbelte das Fenster hoch. Teresa sagte nichts, lächelte nur. Dann öffnete sie die Wagentür.

«Komm! Es ist schon nach Mitternacht. Mama hat dir extra das Sofa zurechtgemacht.» Er betrachtete noch einmal ihr wunderbares Lächeln, das ihm so reif und erwachsen schien, dass es ihn beinah erschreckte. Dann drehte er das Fenster hoch, stieg aus, ließ sich von seiner Tochter am Arm nehmen und ging mit ihr zum Hauseingang zurück.

Teresa brachte ihm Decken. Sie versuchte sogar, sich für Maria und António zu entschuldigen, aber Francisco überhörte ihre Worte und nahm dankend die Sachen entgegen. Sie wünschte ihm eine gute Nacht und schloss die Tür. Er machte das Licht aus. Gegenüber waren ein paar Fenster hell erleuchtet. Er setzte sich auf das weiche Ledersofa. Hin und wieder huschten an den Fenstern Schatten vorüber, auf der

Straße unten dröhnten Autos und Motorräder, Männerstimmen waren zu hören, das Kreischen einer jungen Frau. So im Dunkeln war dieses Wohnzimmer erträglicher geworden, ein diffuser Raum in der Nacht, ein Sammelplatz von Erinnerungen, Bildern, die ihr Alter verloren und Gegenwart wurden. Er betrachtete noch eine Weile die erleuchteten Fenster, sah, wie sich eins nach dem anderen verdunkelte, andere wieder aufleuchteten, lauschte den Geräuschen der Nacht; bis er schließlich die Beine hochlegte und die Decke über seine Schulter zog.

Er hörte ein Klappern und Hantieren mit Holz und Blech und schlug die Augen auf. Durch das Fenster sah er den blauen Himmel weit oben zwischen den beiden Dachfirsten schimmern. Das Klappern in der Küche wurde lauter. Er setzte sich auf. Die Holzkiste stand noch immer auf dem Tisch.

Draußen war nichts mehr zu hören. Er schlüpfte in die Hose und spähte in den Flur hinaus. Nur die Küchentür stand offen, und als er einen Blick hineinwarf, sah er Maria am kleinen Klapptisch sitzen und Kaffee trinken. Sie schaute ihn an.

«Setz dich doch», sagte sie, «eine Tasse Kaffee?»

Sie schenkte ihm ein, ohne seine Antwort abzuwarten.

Vier Gedecke standen im Ganzen auf dem kleinen Tisch und nahmen fast den ganzen Platz ein.

«Maria ...», sagte Francisco, aber sie unterbrach ihn sofort.

«Du brauchst dich nicht zu entschuldigen, Francisco.»

«Ich hätte das Geld nicht zur Sprache bringen sollen, nicht so und nicht gestern.»

Maria nahm einen Schluck Kaffee. Dann schaute sie ihn wieder an.

Francisco wusste nicht, wie er die Stille überbrücken sollte.

«Warum bist du hergekommen?»

Francisco zögerte. Auf alles war er gefasst gewesen, aber nicht auf diese Frage.

«António hat mich hergebracht», sagte er dann einfach, «er hat mich regelrecht entführt.»

«Entführt?»

«Ja, ich hab geschlafen.»

«Im Auto?»

«Maria, nimm es mir nicht übel, wir hatten ein bisschen getrunken, ich hatte mich so gefreut über seinen Besuch!»

«Und dann ist er einfach losgefahren?»

Francisco wollte es hinter sich bringen, jetzt gleich. «Maria, ich hab dir einen Brief geschrieben.»

«Ja, ich weiß.»

«Ich wollte einfach, dass du erfährst, wie es wirklich war.»

«Der Unfall?»

«Ja.»

«Aber warum sagst du mir das?»

«Wieso? Wusstest du, dass es ein Unfall war?»

«Was soll es denn sonst gewesen sein? Es gab eine Untersuchung, Felipe ist vom Kran gestürzt.»

«Du hast die ganze Zeit gewusst, dass es ein Unfall war?»

«Natürlich hatte ich erst auch eine andere Vermutung. Wie sollte ich denn dein Verschwinden sonst verstehen?

Aber ich konnte einfach nicht glauben, dass du so weit gehen würdest. Dazu kenne ich dich zu gut, oder kannte dich jedenfalls.»

«Aber du sagtest damals, du würdest zur Polizei gehen.»

«Wegen dem Haus, ja, das habe ich gesagt. Aber Francisco, glaubst du denn wirklich, dass ich zur Polizei gegangen wäre? Das war eine Drohung. Nie im Leben hätte ich dich der Justiz ausgeliefert! Ich habe immer zu dir gestanden. Du brauchst dich nicht zu rechtfertigen. Du hast eine Dummheit gemacht, ja, und ich war damals stur und hitzköpfig. Ich hatte nur die Revolution im Kopf, aber deswegen gleich weglaufen! Francisco! Hätte ich dich wirklich ausliefern wollen, ich hätte dich suchen lassen, ich hätte dich in Genf gefunden, und du wärst heute vielleicht ein freier Mann, aber ein vorbestrafter.»

Sie schaute ihn mit ruhigen, freundlichen Augen an.

Francisco klammerte sich an die Kaffeetasse, die noch ein bisschen warm war.

«Aber etwas habe ich dir noch nicht verziehen, Francisco ...»

Francisco spürte eine Leere in seinem Magen, ein Ziehen, das sich langsam zu einem Krampf zusammenzog.

«Ich habe mich mit ihm gestritten, du weißt es, aber ich hab auch gesehen, wie er von alleine von da oben auf den Tanker runtergefallen ist. Was hätte ich tun sollen? Maria, ich war verloren!»

«Ich glaube, das alles ist ein sehr großes Missverständnis. Weißt du, was ich dir wirklich übel nehme? - Dass du dich vor mir versteckt hast, dass du immer unter diesem dummen Namen Carlo Parados das Geld überwiesen hast.

Das war jedes Mal wie eine Beleidigung.»

«Ich wollte dir helfen. Ich habe geschickt, was ich konnte.» Francisco betrachtete den hellbraunen Kaffee in seiner Tasse. Die Milch hatte einen kleinen Wirbel gezeichnet. «Ich muss jetzt los. Lass uns heute Abend noch mal reden.»

Sie stand auf und trat in den Flur hinaus.

«Wie lange bleibst du denn?» Sie hatte bereits den Mantel umgelegt, die Handtasche unter dem Arm. Francisco hatte keine Ahnung, was er darauf antworten sollte, und zuckte einfach mit den Achseln. Dann zog Maria die Tür hinter sich zu, und in der Wohnung war es totenstill.

Francisco schlenderte die Straße hinunter zur Anlegestelle von Cacilhas. Er kannte die Häuser noch. Ein paar Läden waren in der Zwischenzeit entstanden, andere verschwunden. Es war früher Morgen, die Luft angenehm frisch. An der Bushaltestelle kreuzte er eine Gruppe Männer. Mit verschlafenen Gesichtern standen sie nah beieinander, als müssten sie sich gegenseitig wärmen. Er kannte keinen von ihnen.

Unten waren bereits die Kranenarme des Hafens zu sehen. Die Bar, wo er früher vor der Arbeit jeweils einen Kaffee trank, stand noch immer. Das alte Schild prangte über der Tür wie eh und je, von drinnen waren Stimmen zu hören. Francisco trat ein. Vorne am Tisch saß der alte Jesus vor einem Weinglas. Francisco grüßte ihn mit lauter Stimme, aber Jesus war damals schon nicht mehr ansprechbar, so sehr hatte ihn der Alkohol zerfressen, und dass er noch immer lebte und noch immer trank, war ein

Wunder. Die Inneneinrichtung hatte sich um nichts verändert. Die Tische, Stühle, die Bilder an den Wänden, alles war noch genau so wie damals, als er bei Lisnave arbeitete und hier jeweils seinen Frühstückskaffee und den Feierabendporto trank. Er stellte sich an die Bar. Ein junger Kellner kam Geschirr trocknend heran. Francisco bestellte einen Kaffee und Zigaretten wie damals. Es war mehr als fünf Jahre her, dass er mit Rauchen aufgehört hatte, aber der Zeitpunkt schien ihm angebracht, diese alte, lästige Gewohnheit wieder aufzunehmen.

«Arbeitet Vicente heute nicht?», fragte er den jungen Kellner.

«Wer ist Vicente?»

«Arbeitet er nicht mehr hier?»

«Wie heißt er, sagst du?»

«Vicente.»

«Ach, Vicente, ja, der hat hier aufgehört, als ich hier angefangen habe. Ich glaube, der hieß Vicente.»

«Und wo ist er hingegangen?»

«Nach Porto, oder nach Spanien, weiß nicht so genau.»

«Na, Porto oder Spanien, das ist nun wirklich nicht zum Verwechseln!»

«Frag einen andern, ich habe ihn nur ganz kurz gesehen, dann war er weg.»

Der junge Kellner servierte ihm den Kaffee und legte die Zigaretten daneben. Francisco steckte sich eine an und genoss den ersten Zug wie eine Freisprechung. Auch die drei jungen Männer neben ihm kannten Vicente nicht mehr. Es musste mehrere Jahre her sein, dass er weitergezogen war, und plötzlich begriff Francisco, was sich geändert hatte in diesem Café, auch wenn es äußerlich genau so aussah wie damals. Vicente war die Seele dieses Cafés gewesen, der Regisseur und Knotenpunkt. Es wunderte ihn nun nicht mehr, dass er hier, außer dem gespensterhaften Jesus, niemanden mehr antraf. Francisco trank seinen Kaffee aus und trat auf die von der Morgensonne hell erleuchtete Straße.

«Er ist weg», rief Teresa aufgeregt, als António in die Küche kam. Es war später Vormittag, und ihre Mutter war bereits vor Stunden zur Arbeit gefahren. António riss die Wohnzimmertür auf. Die Decken, die Teresa am Abend gebracht hatte, lagen säuberlich zusammengefaltet auf dem Sofa. Auf dem Tisch stand die Holzkiste. Er öffnete sie. Das Geld war noch drin, aber zuoberst lag ein kleiner Zettel. «Tut mir leid» stand darauf. António holte sofort sein Jackett, das er am Abend beim Eingang an der Garderobe hatte hängen lassen. Der Pass war tatsächlich nicht mehr in seiner Westentasche.

«Er ist nach Genf zurück», rief er, kam zu Teresa in die Küche und schenkte sich Kaffee ein. Sie setzten sich. Etwas Brot stand noch da, Butter, Honig. Nichts schien sich verändert zu haben, seit António das mütterliche Zuhause verlassen hatte.

«Dieser feige Hund! Ist das unser Vater, Teresa? Hast du dir unseren Vater so vorgestellt?»

«Und Mama? Findest du's etwa korrekt, wie sie sich verhalten hat?»

«Ich versteh das alles nicht. Vielleicht ist das Geld ja tatsächlich schmutzig, wer weiß, wo es herkommt. Aber was glaubst du, was wir damit alles hätten anstellen können! Wieso es in einer Holzkiste vergammeln lassen?»

«Was sollen wir jetzt tun?»

«Ich fliege nach Genf.»

«António, lass ihn doch in Ruhe!»

«Sollen wir ihn einfach so abhauen lassen?»

António rief beim Flughafen an und erkundigte sich nach den Flugverbindungen. Er nahm das Geld aus der Kiste, teilte es in zwei Hälften und hielt eine davon Teresa hin. «Hier, dein Teil. Eine Art Vorauszahlung auf unser Erbe. Mehr ist wohl nicht mehr zu erwarten. Höchstens Schulden.»

«Das können wir nicht machen! Er hat es an uns alle geschickt, an die Familie.»

«Mama will das Geld sowieso nicht, und wir heben es jetzt aus dem Staub der Familiengeschichte. Da.»

«Ich weiß nicht.»

«Wie soll ich denn sonst nach Genf kommen! Hier, nimm schon, sonst nehm ich es. Sollen wir es etwa wegschmeißen oder was!» Er warf ihr das Bündel Geldscheine auf den Tisch.

«Und sag Mama nicht, dass ich nach Genf fliege.»

«Du willst fliegen?»

«Sag ihr, ich sei in Porto, um Material für den Laden zu kaufen. Wenn ich es bis in einer Woche nicht geschafft habe, Papa nach Hause zu bringen, ruf ich dich an. Mach dir keine Sorgen, ich bring das schon in Ordnung.»

«Warum willst du ihn denn unbedingt hierher bringen? Lass ihn doch in Ruhe. Vielleicht geht es ihm in Genf besser? Du kannst ihn nicht zwingen! Das war doch gestern eindeutig, dass Mama und Papa nicht mehr zusammenkommen können. Was soll denn das?»

«Darum geht es nicht! Ich habe gesehen, wie Papa in Genf lebt, ich weiß, wovon ich rede. Jeder lumpige Bürstenflicker hier in Lissabon lebt besser als Papa in Genf. Jeder portugiesische Arbeitslose lebt würdiger als Papa, der als Illegaler in einem stinkreichen Land lebt. Du hättest ihn sehen sollen, wie er da saß im Garten der Villa seines Chefs. Wie ein Haufen Elend saß er da, Schuhe hat er geputzt! Kannst du dir das vorstellen? Schuhe geputzt! Ein Mann von vierundfünfzig Jahren sollte für niemanden mehr Schuhe putzen außer für sich selbst. Papa wird dort nicht mehr lange durchhalten. Der wird auf der Straße enden, und bevor es so weit ist, will ich ihn da rausholen, verstehst du? Mir ist lieber, mein Vater kehrt in Würde nach Hause zurück, als dass er in der Schweiz auf der Straße landet.»

«Was redest du denn da?»

«Oder er stirbt demnächst an einem Herzinfarkt, was wohl noch das Beste für ihn wäre, wenn er sich nicht vorher selbst umbringt.»

«Wer, meinst du, stellt in der Schweiz einen alten fetten Portugiesen an, der bisher die Schuhe eines reichen Verbrechers geputzt hat? Meinst du, den will noch irgendwer? Vergiss es! Hier hätte er wenigstens uns. Irgendwie würden wir ihn schon über die Runden bringen. Papa soll in Würde nach Portugal zurückkehren und nicht als gescheiterter Asylant!»

Teresa schwieg und schaute ihn an. Das Geld lag noch immer auf dem Tisch. António überlegte kurz, ob er es nehmen sollte, ließ es dann aber liegen. Es war Teresas Geld, und sie konnte damit anfangen, was sie wollte, sie konnte sich damit neue Schuhe kaufen, es an eine wohltätige Organisation verschenken, es wegschmeißen, es war ihm egal. Der alte, etwas verbeulte Peugeot stand noch da, wo er ihn hingestellt hatte. Vorne und hinten waren Autos so dicht geparkt, dass António sich mit der Stoßstange Platz schaffen musste, um aus der Lücke zu kommen. Er legte eine Kassette ein und drehte die Lautstärke hoch, bis die kleinen Boxen an den Seiten schepperten. Er genoss die harten, kalten Rhythmen, während er aus Cacilhas hinaus und über die Brücke des 25. April fuhr. Das Wasser des Tejo glitzerte, riesige Tanker lagen vor Anker, Kräne kreisten, der Bus vor ihm rollte wieder an. Gegenüber lag Lissabon in einem hellen, weichen Licht, die weißen Fassaden leuchteten. Wie konnte sein Vater auf diesen Anblick verzichten. War es überhaupt möglich, seine Identität so weit aufzugeben und sich völlig umzukrempeln?

Einen schizophrenen Prozess musste sein Vater durchlaufen haben, um der zu werden, der er heute war. António dachte an psychische Travestie, an Verleumdung der eigenen Person. Oder war es Feigheit? Unvermögen? Angst? Eine stinknormale, gemeine, dumme Angst vor dem Leben? Diese Brücke zu überqueren in einem geliehenen Auto, einen Kredit am Hals zu haben, nicht wirklich zu studieren, sich mit Provisorien einzurichten, die zum Alltag, zur Normalität wurden, wie würde er selbst dastehen mit vierundfünfzig? Er hatte noch Zeit, um es besser zu machen. Aber was heißt besser, und wie sollte er allein darüber urteilen? Plötzlich war sich António nicht mehr sicher, ob er tatsächlich nach Genf fliegen sollte, ob es richtig war, seinen Vater nach Lissabon zu holen, plötzlich fühlte er sich nicht mehr zuständig, als übernehme er sich mit dieser Aufgabe, mische sich in Dinge ein, die ihn nichts angingen. Und dann dachte er an die Wohnung seines Vaters, an das Schlafzimmer, an das kleine Bild auf dem Nachttisch, an die Ärmlichkeit, die erschreckende Trostlosigkeit. Die Vorstellung, alles auf sich beruhen zu lassen, das Auto zurückzubringen, nach Hause zu gehen und einen Strich zu ziehen, schien ihm wie ein Verrat an sich selbst.

Er fuhr hinter dem Bus von der Brücke und stellte sich vor, wie sein Vater auf der Straße enden würde, als zerlumpter Kerl mit hohler Hand und verfilztem Bart. Damit würde António nicht leben können.

Er parkte den Peugeot in der Nähe des Ladens und war froh, zu dieser Entscheidung gefunden zu haben. Es war kurz vor Mittag, der Laden noch verschlossen, von Silvio keine Spur. Er gelangte durch den Hintereingang in die Küche und legte den Autoschlüssel auf den Herd, schrieb eine kurze Notiz an Silvio und bedankte sich im Voraus für das Verständnis. Der Laden war in Ordnung, alles lag an seinem Platz, die leeren Flaschen vom Vorabend waren in Kisten gepackt, die Theke gereinigt. Er legte eine Platte aus dem Spezialangebot auf. Es war eine alte Vinyl von Johnny Guitar Watson, und António setzte sich auf einen von Silvios Friseurstühlen, während die vier oder fünf Stücke der ersten Seite liefen. Er drehte sich auf dem Stuhl einmal um sich selbst, sah sich im großen Spiegel an der Wand, ließ den Blick durch den Laden schweifen. Die Musik ging zu Ende, und die Nadel setzte ab. Nichts und niemand würde ihn jetzt davon abhalten, nach Genf zu fliegen. Und zum ersten Mal seit seinem zwanzigsten Geburtstag fühlte er sich glücklich.

VI

Die Tür blieb verschlossen. António klingelte ein drittes Mal, hämmerte gegen das Holz, ohne Erfolg. Die Schläge hallten im Treppenhaus. Er hätte schreien mögen, so sicher war er, dass sein Vater sich in der Wohnung befand. António hätte sich vor die Tür setzen und warten können, irgendwann musste sein Vater die Wohnung verlassen, und er würde hier draußen auf dem Fußabtreter sitzen, so lange, wie es nötig war. Er betrachtete die Täfelung der Tür, dann diejenige der Nachbarwohnung und sah ein Messingschild, das in schönen Lettern den Namen des Bewohners anzeigte. Francisco hatte kein solches Schild. Sein Name klebte klein und unscheinbar auf einem Papierstreifen unter der Klingel. António riss ihn ab. F Fantastico stand in der schon wohl bekannten Handschrift darauf gekritzelt. Die Unauffälligkeit dieses kleinen Zettels war ihm beim ersten Besuch nicht aufgefallen, so froh war er damals gewesen, diesen Namen an einer Tür in Genf gefunden zu haben. Er steckte den Fetzen in seine Hosentasche und drückte ein Auge auf den Spion, aber er konnte nichts erkennen. Er klopfte noch einmal, rief zweimal so laut, dass es im ganzen Haus zu hören sein musste, und ließ dann von der Tür ab. Es hatte keinen Sinn, hier eine hysterische Szene aufzuführen. Er warf die Türen des alten Lifts zu und sah durch die Fenster das Treppenhaus rundherum nach oben fahren. Auch am Briefkasten riss er den provisorisch aufgeklebten Zettel mit dem Namen seines

Vaters ab, steckte ihn zum ersten in die Tasche und bestieg das Tram. Er überlegte, ob er direkt in das Villenviertel fahren oder ob er erst in der Firma nachfragen sollte. Irgendwo musste sein Vater, wenn er tatsächlich nicht in der Wohnung sein sollte, ja stecken.

Das Firmengebäude hatte etwas Imposantes und Abweisendes mit den fensterlosen, wellblechverschalten Wänden, dem vorstehenden Flachdach, der Betonrampe für die Lastwagen, den finsteren, verschlossenen Garagentoren. Auf dem Kiesplatz, der wie ein grauer Teppich vor dem Gebäude lag, standen ein paar Autos. Kein Mensch weit und breit, nur der Verkehr der Hauptstraße war aus der Ferne zu hören, ein Flugzeug, das etwas weiter nördlich auf die Landebahn niederging. António blieb kurz stehen und betrachtete die Industrieanlagen, die rund um Medical Instruments & Co. lagen, Silos und Hochspannungsleitungen, Betonwüste. Die Türen standen offen, in den Gängen traf er niemanden an. Ohne Schwierigkeiten kam er in die Lagerhalle, wunderte sich darüber, dass er einfach so die Treppe hinuntersteigen und ins Lager vorstoßen konnte. Es war später Nachmittag, aber es konnte nicht sein, dass die Arbeiter bereits Feierabend hatten. Trotzdem herrschte eine fast sakrale Stille zwischen den Regalen. Er griff nach einem in Plastik verpackten Gegenstand, der auf Brusthöhe im Regal lag. Es war ein Gummischlauch mit einer Art Schnabel an einem Ende, am andern ein Messingverschluss. Auf dem Klebeschild standen ein paar Zahlen, Nummern, kryptische Wörter. Er legte den Schlauch wieder ins Regal zurück und spähte in die unteren Fächer, dann in das gegenüberliegende Regal.

Er ging den engen Gang hinunter an den Schläuchen und Spritzen vorbei, griff hier und da nach einem in Plastik und Papier verpackten Gegenstand. Er versuchte, sich seinen Vater zwischen diesen Regalen vorzustellen, mit Kathetern, Windeln, Dichtungsringen, sein Vater, wie er mit Bestellscheinen diese Regale entlang rannte, die bestellten Artikel zusammensuchte, über Tage, Wochen, Jahre hinweg. Am Ende des Regals schwenkte er nach rechts, dann nach links, ging schneller und blieb stehen. Er nahm zwei kleine Schachteln von einer Ablage und riss sie auf. Kleine Röhrchen fielen heraus und zerplatzten am Boden. Er warf die Schachteln in das Regal zurück und wühlte in einem anderen Fach, bekam kleine Gazetücher zu fassen, zerrte sie heraus und ließ sie zu Boden segeln wie Schneeflocken. Er setzte einen Fuß auf die weißen Flecken am Boden und hörte Schritte. Rasch schob er die Gazetücher mit dem Schuh unter das Regal. Jean stand vor ihm.

«António! Was machst du denn hier?»

«Wo ist mein Vater?»

«Francisco? Ich dachte, ihr beide seid in Lissabon? Er hat mich angerufen, er hat mir erzählt, dass du ... » Er schaute sich um und legte einen Finger auf die Lippen. Dann flüsterte er: «Er hat mir erzählt, dass du ihn nach Lissabon gebracht hast. Aber zeig dich hier bloß nicht, der Chef glaubt tatsächlich, Francisco sei krank. Jedenfalls hab ich ihm das gesagt. Seit ein paar Tagen fragt er mich immer wieder nach Francisco, und ich muss jedes Mal eine neue Ausrede finden. Hast du ihn wieder zurückgebracht? Francisco wird bei Monsieur Oh! sehnsüchtig erwartet. Da freut er sich natürlich, wenn er wieder gesund ist ... »

«Ich dachte, ich frag zuerst mal hier, aber wahrscheinlich ist er ja schon wieder bei dem alten Arsch!»

«Psst, ... Aber sag mal, hast du ihn denn nicht nach Portugal zurückgebracht?»

«Er ist abgehauen!»

«Was, wie abgehauen? Warum bist du denn hier?»

«Ich bin sicher, dass er hierher gekommen ist.»

«Du meinst, er ist ohne dich zurückgekommen?»

«Wir haben noch nicht alles geregelt, was zu regeln ist.»

«Aber hier ist er nicht, António. Jedenfalls nicht hier im Betrieb. Und Monsieur Oh! habe ich gerade vor zwei Stunden noch einmal erklärt, dass Francisco an einer ernsthaften Pneumonie leide, dass er mit Fieber im Bett liege. Langsam beginnt er wohl zu zweifeln.»

«Dann kann er nur in seiner Wohnung sein, aber er macht mir nicht auf.»

«Das glaub ich nicht, António. Er hätte mich bestimmt angerufen.»

«Aber er ist weg, am Morgen nach der Ankunft war er weg.»

«Komm, lass uns erst mal von hier rausgehen. In ein paar Minuten bin ich mit meinem Dienst fertig, aber lass dich nur nicht vom Junior erwischen, sonst ist Francisco dran, das kann ich dir sagen.»

Jean führte ihn zu einem Hinterausgang und befahl ihm, so lange zu warten, bis er ihn hole. Es dauerte kaum zehn Minuten, bis Jean in einem kleinen Fiat, sauber gekämmt und in frischen Kleidern, um die Ecke des Gebäudes brauste.

«Lass uns zu mir gehen», sagte er, als sie hinter dem großen Eisentor auf die Straße bogen. Der Feierabendverkehr hatte bereits eingesetzt, und sie standen an mehreren Ampeln in einer Kolonne von einsamen Autofahrern, die mit müden Gesichtern hinter den Windschutzscheiben saßen, ergeben einer Radiostimme lauschten oder an einer Zigarette zogen. Jean schaute ihn mehrmals an, lächelte, schob den Schalthebel vor und zurück, machte das Radio an. Ein rasanter Hip-Hop hämmerte aus den Boxen über dem Rücksitz, die die Sicht durch das Heckfenster versperrten.

«Stört dich die Musik?», fragte er.

«Im Gegenteil, was ist das für ein Sender?» António suchte sein ganzes Schulfranzösisch zusammen, um die Enttäuschung darüber zu verbergen, dass er seinen Vater heute wohl nicht mehr zu Gesicht bekommen würde.

«Irgendein Regionalsender. Ich höre das immer, wenn ich nach Hause fahre. Irgendwie muss man sich ja jung halten, bei der Zeit und bei den Leuten, verstehst du. Pro Tag fünfzehn Minuten Gegenwartslektion, das hält frisch und munter. Nur mit diesem Technozeugs, da komm ich irgendwie nicht zurecht. Kannst du damit was anfangen?»

«Langweilig.»

«Findest du auch?»

«Du weißt wirklich nicht, wo mein Vater ist?»

«Er hat sich nicht gemeldet, António, du kannst mir glauben. Wenn ich etwas gehört hätte, würde ich es dir sagen. Ich finde es wichtig, dass ihr miteinander redet. Francisco hat sich zwar darüber beklagt, dass du ihn einfach so nach Lissabon mitgenommen hast, aber eigentlich verstehe ich dich ganz gut, António, ich finde es wichtig, was du da machst. Ein Sohn sollte seinen Vater kennen, und ein Vater seinen Sohn. Und sich kennen zu lernen, dauert eben, das lässt sich nicht in zwei Tagen regeln. Du musst Francisco ein bisschen

Zeit lassen. Über deinen Besuch hat er sich sehr gefreut. Aber dass du hier plötzlich so auftauchst, war trotzdem ein Schock für ihn. Ich bin sicher, dass er sich meldet, sobald er nicht mehr weiter weiß. Bist du sicher, dass er nach Genf zurückgekommen ist?»

«Wo soll er denn sonst hin?»

«Hat er keine Freunde mehr in Lissabon?»

«Der einzige Freund, von dem er mir erzählt hat, ist tot.»

Jean bremste ab und löste den Gang aus, denn die Kolonne kam wieder zum Stehen.

«Tot? Wer war das?»

«Ich weiß nicht. Mehr hat er nicht erzählt.»

Jean drehte die Musik etwas lauter. Schweigend fuhren sie durch die Stadt, drängten sich auf den Pont du Mont-Blanc und verloren sich in den kleinen, verwinkelten Straßen eines Außenquartiers. Jeans Wohnung lag ganz oben in einem alten Patrizierhaus. Rundherum versperrten alte Bäume die Sicht auf das Gebäude. Im Innern der Wohnung war es dunkel. Jean schnitt ein Bündel Merguez auseinander, warf es in die Pfanne und stellte keine Fragen zu dem, was sich in Lissabon abgespielt hatte. António war froh, nicht darüber reden zu müssen. Jean sollte ihm helfen, seinen Vater zu finden, alles andere ging ihn nichts an. Im Kühlschrank standen vier Flaschen Helvetia Lager hell, das selbe Bier, das sein Vater ihm schon offeriert hatte. Sie aßen schweigend diese scharfen, fettigen Würstchen und einen knackigen Salat, saßen sich wie ein altes Paar an dem kleinen Tisch in der Küche gegenüber. Die Wohnung war so einfach wie die seines Vaters. Auch hier spiegelte sich die Einsamkeit des Bewohners in allen Räumen.

Das Telefon klingelte. Jean wischte sich die rote Merguezsauce vom Mund und ging ins Wohnzimmer.

«Wo steckst du?», hörte er Jean sagen und wusste sofort, dass sein Vater am anderen Ende war. Er musste sich zwingen, ruhig am Tisch sitzen zu bleiben, um Jean nicht den Hörer aus der Hand zu reißen und das Gespräch zu übernehmen. Aber vielleicht war es ganz gut, wenn Francisco noch nicht gleich wusste, dass er hier war. Jean sagte noch zwei-, dreimal «Ja», dann legte er auf, ohne Antónios Anwesenheit verraten zu haben.

«Er ist da.» Jean setzte sich wieder an den Tisch.

«Danke für das Essen, Jean.» António und stand auf.

«Wo willst du denn hin?»

«Ich muss etwas mit ihm regeln, Jean, verstehst du? Das ist ein Sache zwischen ihm und mir.»

«Er ist eben erst vom Bahnhof gekommen! Du hast ihn mit dem Flugzeug überholt, er war noch gar nicht da heute Nachmittag. Gerade vor zwei Minuten ist er in seine Wohnung gekommen. António, lass ihm wenigstens diese eine Nacht, bevor du zu ihm gehst. Er braucht bestimmt etwas Ruhe. Du kannst hier bei mir schlafen.»

«Jean, wirklich, vielen Dank für deine Hilfe, das ist sehr nett. Aber ich muss jetzt gehen.»

«Dann bring ich dich hin, António. Komm.» Jean warf die Serviette auf den halb vollen Teller und zog seine Jacke an. António sagte nichts mehr. Er hatte keine Zeit, noch lange mit Jean zu verhandeln.

Der Verkehr hatte sich wieder etwas gelegt, die Straßenbeleuchtungen waren angegangen. Der Asphalt war von einem feinen Nieselregen besprüht und glitzerte im Neonlicht. Jean wollte mit hochkommen, aber António erlaubte ihm nur, draußen im Auto zu warten. Falls Francisco doch nicht zu Hause wäre, würde er mit ihm wieder zurückfahren. Er betrat den alten, mit Fenstern versehenen Holzlift und sah das Treppenhaus rundherum nach unten fahren. Bereits nach dem ersten Klingeln hörte er Schritte in der Wohnung. Als die Tür aufging, konnte es António kaum glauben, dass tatsächlich sein Vater dahinter erschien.

«António!», schrie er, «wie kommst du denn schon wieder hierher?»

António streckte ihm einen Umschlag entgegen. «Was ist das?»

Er streckte den Umschlag noch näher. «Wir fliegen morgen.»

«Ein Flugticket?»

«Um siebzehn Uhr dreißig.»

«Bist du übergeschnappt?»

«Kann ich bei dir übernachten?»

«Was soll das? Hast du denn noch immer nicht kapiert, dass es zwischen Maria und mir aus ist? In was mischst du dich denn ein! Man kann ein Familienleben nicht erzwingen!»

«Darum geht es doch gar nicht.»

«Was willst du denn?»

«Ich will, dass du nach Lissabon zurückkommst.»

«Aber warum? Mir geht es hier blendend, ich habe Arbeit, Freunde, ich will hier nicht weg! Und jetzt lass mich in Ruhe. Du kannst hier übernachten, aber morgen fliegst du ohne mich.»

«Papa, hör bitte auf, mir und dir selbst etwas vorzumachen! Morgen nehmen wir dieses Flugzeug. Du kannst erst mal meine Wohnung haben. Dann finden wir schon was für dich.»

«Du bist völlig übergeschnappt!»

«Willst du etwa hier in Genf verrecken?»

«Was ist denn in dich gefahren? Ich habe eine Arbeit, ich wohne hier, was soll das? Reicht dir das nicht? Und wenn es dir nicht reicht, dann akzeptier es eben! Du hast mir nicht vorzuschreiben, wo und wie ich leben soll! Und jetzt komm rein, es zieht.»

António sah das große Gesicht vor sich, die breiten, starken Schultern, die über der Fülle des restlichen Körpers an Bedeutung verloren. Er sah die traurigen Hundeaugen mit den tiefdunklen Rändern, die Falten, die so schartig waren wie der Rest des Körpers knubblig, und wieder überkam ihn dieses ekelhafte Gefühl, eine Mischung aus Mitleid und Wut, die Ohnmacht, die Hilflosigkeit vor so viel Sturheit und Blindheit, die vielleicht nur die Dummheit verbargen, mit der sich sein Vater irgendwann abgefunden hatte. Er warf ihm das Flugticket vor die Füße und ging zum Lift zurück, riss die Türen zu und sah das Treppenhaus wieder nach oben fahren. Ihn irritierten diese Stufen, die sich wie ein umfallendes Dominospiel rund um ihn herum in die Tiefe stapelten. Eine Sekunde lang stellte er sich vor, wie die Aufhängevorrichtung riss, dann bremste die Kabine ab, und António rannte auf die Straße hinaus. Jean war brav in seinem Auto geblieben und wartete. António setzte sich auf den Beifahrersitz und sagte nichts.

«Lass ihm Zeit», sagte Jean nach einer Weile. «Er war es doch, der auf dich zugekommen ist. Er hat die Geister geweckt, jetzt hat er Angst vor ihnen. Das ist normal.»

«Kann ich bei dir übernachten?» fragte António.

«Natürlich kannst du das. Morgen versuche ich, mit ihm zu reden. Er kommt morgen in die Firma, um sich wieder gesund zu melden.»

Es wurde eine lange, anstrengende Nacht. Bilder und Gesprächsfetzen zogen herauf, verschwanden wieder, wirbelten im Kreis. António lag auf dem harten Sofa, stand auf, trat ans Fenster, starrte in die Dunkelheit, die nur von dem schwachen Schein einer Straßenlaterne hinter den Büschen und Bäumen durchbrochen wurde, legte sich wieder hin, wälzte sich unter der dünnen Decke, roch den muffigen Bezug unter sich, stand wieder auf, legte sich wieder hin. Zwischendurch musste er wohl eingeschlafen sein, irgendwie wurde es Morgen, und durch das Geäst der Bäume drang die Dämmerung. Er legte den Kopf noch einmal in seine verschränkten Arme und nickte ein letztes Mal ein. Als er erwachte, schien die Sonne ins Wohnzimmer. Seine Glieder schmerzten. Eigentlich hatte ihm Jean versprochen, ihn zu wecken, bevor er zur Arbeit ginge, aber als António in die Küche kam, war es bereits neun Uhr. Jean musste schon vor über zwei Stunden zur Arbeit gefahren sein. Er schnappte sich einen Apfel zum Frühstück und verließ die Wohnung. Er hatte nicht viel Zeit bis zum Abflug. Wenn er seinen Vater noch an diesem Nachmittag mitnehmen wollte, musste er ihn in den nächsten zwei oder drei Stunden überredet haben. Immerhin sollte er noch die Möglichkeit haben, die wichtigsten Dinge einzupacken und sich von Jean zu verabschieden. António sah die Menschen auf den Gehsteigen, schaute auf das geordnete Chaos des Verkehrs, das unaufgeregte Pulsieren der Stadt. Der Bus wühlte sich durch die

Knäuel und brachte ihn zur Place Bel-Air. Langsam hatte er die Knoten und Orientierungspunkte der Stadt begriffen und sprang von einem Bus zum nächsten, ohne lange auf den Fahrplantafeln suchen zu müssen.

Auf dem Kiesplatz vor dem Lagergebäude standen drei Lastwagen rückwärts zur Laderampe. Ein paar Arbeiter waren dabei, die Waren auszuladen. António hörte sie mit den Rollis scheppernd über die Rampe fahren. Er überlegte, ob er lieber den Hintereingang benutzen oder wie das letzte Mal ganz einfach durch den Haupteingang an den Büros vorbeigehen sollte. Die Neonschrift Medical Instruments & Co. leuchtete über dem Haupteingang, obwohl die Sonne schien. Einer der Buchstaben flimmerte. António stieß die Tür auf und stand unvermittelt vor dem jungen Blonden, den er hier bei seinem ersten Besuch bereits angetroffen hatte. Der Blonde war gerade mit zwei Dokumenten in den Gang hinausgetreten und erkannte António sofort.

«Kann ich dir helfen?», sagte er und blieb stehen.

«Wo ist mein Vater?»

Der Blonde begann zu lächeln und wiegte die Dokumente in seiner Hand. Hinter António schloss sich die Glastür wie eine Kühlschranktür, die sich festsaugt. António spürte einen seltsamen Druck im Kopf. Der Blonde war nicht größer als er, nicht kräftiger, schien ihm überhaupt in keiner Weise überlegen, und doch fühlte sich António klein und spürte seine Beine schwach werden. Der Blonde trat nun so dicht an ihn heran, dass António zurückweichen wollte, aber er hatte die Glastür im Rücken.

«Hast du ihn noch immer nicht gefunden?», sagte der Blonde.

«Wo ist mein Vater?»

«Ich dachte, er sei krank?»

«Ist er heute nicht zur Arbeit gekommen?»

«Ach, ist er etwa wieder auf den Beinen? Das sind ja erfreuliche Nachrichten. Dann muss er wohl hier sein. Julie!»

«Ich muss ihn sprechen!»

«Mitten am helllichten Tag? Kannst du nicht warten bis Mittag? Oder bis zum Abend? Julie!»

«Ja?», rief eine Frauenstimme aus einem der offen stehenden Büros.

«Ist Francisco heute aufgetaucht?», fragte der Blonde, ohne den Blick von António zu nehmen.

«Ja, Monsieur.»

«Ach, er ist hier? Wo steckt er denn?»

«Die Lieferungen sind da, Monsieur, alle sind beim Abladen.»

Der Blonde drehte sich abrupt um und stellte sich vor das Büro der Sekretärin.

«Francisco beim Abladen? Wieso das denn? Warum informiert mich keiner? Was ist denn das für ein Laden hier? Der gehört in Papas Garten, nicht hier auf die Rampe! Was soll das?»

António nutzte die kurze Unaufmerksamkeit des Blonden, um an ihm vorbei den langen Gang hinunterzueilen. Im Rücken hörte er den Blonden rufen, aber António hatte die Tür bereits erreicht, von der er wusste, dass sie in die Lagerhalle führte. Er sprang die Treppe hinunter und folgte dem Gerumpel der Gabelstapler in den hinteren Teil der Halle. Und tatsächlich sah er dort seinen Vater eine Ladung Kisten aus dem Warenlift schieben und zwischen zwei Regale karren. Er näherte sich vorsichtig, blieb hinter ihm stehen. Francisco erschrak, als er sich umdrehte.

«António!», rief sein Vater sofort, «wir hatten doch ausgemacht ... »

«Was haben wir ausgemacht? In ein paar Stunden haben wir unseren Flug. Du hast vielleicht noch ein paar Sachen zu packen.»

«Jean hat gesagt, dass wir uns heute Abend zum Essen treffen. Komm, du kannst hier nicht bleiben, der Zugang ist für Unbefugte strengstens verboten, das sind sehr teure und sehr gefährliche Dinge, die hier rum liegen.»

Er zerrte ihn am Arm vom Regal weg, aber António schüttelte ihn ab.

«Stell dich nicht so an, Papa! Lass diesen dummen Rolli stehen und komm mit, es gibt keine andere Lösung.»

«Geh jetzt bitte! Wenn der Chef kommt, dann gibt's Ärger, das sag ich dir.»

Die Lifttür ging auf, und Jean zwängte einen mannshohen Stapel Kartonkisten auf Rollen heraus.

«António!», rief auch er etwas erschrocken, «hast du denn meinen Zettel nicht gesehen, den ich dir hingelegt habe?»

«Wir gehen jetzt zusammen zu dir, packen deine Sachen und basta. Oder ich fange hier an, die Regale abzuräumen.»

«Lass uns doch erst mal in Ruhe über alles reden. Fahr zum Flughafen und versuch die Flüge umzubuchen. Wir treffen uns dann in dem kleinen Restaurant, wo wir das letzte Mal so gut gegessen haben. Das war doch ganz nett, fandest du nicht?»

«Papa, ich zähle bis zehn. Eins ... »

Von der anderen Seit schoss Jean heran. Vor Aufregung warf er den Stapel Kartonkisten um.

«António!»

«Zwei ... »

«Hör mal, António», fuhr sein Vater fort, «du gehst jetzt dort zur Hintertür raus, und dann reden wir über alles noch mal, okay? Lass mich hier meine Arbeit machen, du vermasselst alles! Müssen wir dich raus tragen oder was?»

«Drei ... »

«He!», hörte er plötzlich im Rücken die Stimme des Blonden. «Jetzt reicht's aber, raus hier! Du hast hier nichts zu suchen! Ihr könnt über Mittag wieder Zärtlichkeiten austauschen, hier wird gearbeitet.»

«Vier ... »

António spürte, dass die ganze Macht jetzt in seinen Händen lag.

«Fünf...»

«Pass mal auf, der Zutritt zu diesen Räumen ist polizeilich verboten! Ein kurzer Anruf, und die stehen vor der Tür.»

«Sechs ... »

Er hörte Schritte hinter sich, sah die starren Gesichter vor sich. Die Tür des Warenlifts ging auf, aber niemand trat heraus.

«Sieben ... »

«Hast du nicht gehört, was ich gesagt habe?», schrie der Blonde jetzt dicht hinter ihm.

«Acht ... », sagte António, sah die weit aufgerissenen Augen seines Vaters, und er spürte die Weite, die Entfernung, die jetzt zwischen ihnen lag, als wäre er ein Fremder. Eine eisige Kälte kroch seinen Rücken hinauf, als er «Neun ... » sagte und dann, fast unhörbar: «Zehn.»

Er drehte sich um, sah den blonden Haarschopf vor sich, dieses griesgrämige Grüngesicht, das ihn empört anstarrte. Ihm war, als würde er, statt auf seine eigene Drohung, auf diesen Blick reagieren, während er nach dem erstbesten Gegenstand im Regal griff, die Plastikverpackung aufriss und den metallenen Gegenstand auf den Boden scheppern hörte. Er griff nach dem nächsten und öffnete ihn schneller, griff nach ganzen Ladungen Eingepacktem und ließ den Inhalt zu Boden fallen. Ihn befreite der Lärm, den die medizinischen Geräte beim Herunterfallen machten, und António arbeitete sich gerade zum nächsten Regal vor, als er die Hand in seinem Nacken spürte, die ihn vom Regal wegriss und zu Boden warf.

«Jetzt reicht's aber endgültig!», schrie der Blonde. António zog sich am Regal hoch und sah plötzlich den kurzen Lauf einer Waffe vor sich. Der Blonde hielt sie fest in seiner Faust, den Finger am Abzug.

«Du gehst jetzt schön brav da rüber zur Tür und verdrückst dich, okay? Und lass dich hier nie wieder blicken!»

Blitzschnell griff António nach der Waffe, bekam sie überraschend zu fassen und drehte den Arm seines Gegners mit aller Kraft von sich weg, stolperte über ein Bein zu Boden, hörte Stimmen im Rücken, Glucksen unter sich, spürte den Aufschlag seines Kopfes auf dem Betonboden, griff umso fester nach der Waffe, zwang sie abermals in eine andere Richtung, zog den Arm unter sich durch und fühlte den Ruck, der durch den Körper des Blonden ging und die plötzliche

Hitze in seiner Hand, lockerte seinen Griff und spürte, wie die Umklammerung nachließ, wie der Arm schlaff wurde und sich löste, hörte, wie die Pistole zu Boden glitt.

Er schüttelte den Blonden von sich ab und stand auf. Blut floss über den Betonboden, eine rote Lache breitete sich um den Bauch des Blonden aus. Mit verdrehten Gliedern lag er da, die Augen weit geöffnet, den Mund vor Schreck aufgerissen.

Francisco starrte auf das Blut am Boden, sah, wie es über den Beton floss, dick und dunkel, wie feinster Lack. Er sah das Gesicht von Oh! junior, den verdrehten Blick, die geweiteten Augen. Dann starrte er wieder auf den Fleck am Boden, vergaß zu atmen, sah Felipes verzerrtes Gesicht auf dem Tanker im Hafen, spürte den Schweiß auf seiner Stirn, das Zittern der Hände, sah die geparkten Autos an ihm vorüberziehen, das Gelb, Grün und Blau der Kontainer, schwamm in diesen Farben und verlor das Gefühl für oben und unten, glaubte zu ersticken. Plötzlich holte er tief Luft und wandte sich an Jean, der neben ihm vor Schreck auf eine Kiste gesunken war.

«Komm, hilf mir», sagte er und trat zu seinem Sohn, der bewegungslos beim Regal stand und auf den sterbenden Junior hinunterschaute. Er nahm ihn beim Arm.

«Komm, António! Jean bringt dich ins Auto.» Jean nahm António am andern Arm, und gemeinsam führten sie ihn zum Hinterausgang.

«Bring ihn in Sicherheit, Jean, und komm dann wieder zurück. Ich brauche dich noch mal.» Jean schaute ihn fragend an.

«Jean, du bist mein einziger Freund, bitte, tu das für mich.» Jean sagte nichts, schaute ihn nur an und führte dann António auf den Hinterhof hinaus. Francisco schloss die Tür, ging zur Verpackungsstelle hinüber, drückte den Melder und wartete die Stimme der Sekretärin ab.

«Ja?», scheppte es durch den kleinen Lautsprecher an der Decke.

«Julie, bitte rufen Sie die Polizei, sofort, es ist etwas Schreckliches geschehen!»

«Die Polizei?»

«Die Polizei!», schrie er in das Mikrophon, «ja, sofort, Monsieur Oh! Ist tot!»

«Was? Aber Francisco, das ist nun wirklich kein lustiger Witz. Kaum zurück und schon wieder so makaber!», lachte sie durch den Lautsprecher.

«Die Polizei, habe ich gesagt! Rufen Sie die Polizei!», schrie er noch einmal. Dann machte er die Gegensprechanlage aus, nahm einen Stuhl vom Verpackungstisch und trug ihn zum toten Oh! junior hinüber. Einen Augenblick blieb er stehen, betrachtete den Toten am Boden, setzte sich hin und ließ erschöpft die Arme hängen. Plötzlich war es still wie in einer Kirche, nur der Ventilator der Klimaanlage surrte irgendwo in der Ferne. Dann hörte er das Scheppern der alten Tür des Hinterausgangs, und Jean kam vom Parkplatz zurück.

«Hat dich jemand gesehen?»

«Ich glaube nicht, aber was sollen wir jetzt tun? Warum sitzt du hier, was hast du vor?»

«Setz dich hier neben mich, Jean, ich brauche jetzt deine Unterstützung. Ich habe sie noch nie so gebraucht wie heute. Und weißt du, irgendwie fühle ich mich erleichtert, als würde endlich etwas zu Ende gehen, endlich, verstehst du? Nach so vielen Jahren.»

«Was denn Francisco? Wovon redest du?»

«Du musst jetzt nichts tun, Jean, einfach hier sitzen und mit mir warten. Es wird alles gut werden.»

Jean setzte sich auf eine Kiste und fragte noch einmal, was denn los sei, erhielt keine Antwort und schloss sich dem Schweigen an. Gemeinsam saßen sie andächtig um den toten Oh! junior herum und hörten oben die Sirene des Streifenwagens. Kurz darauf hörten sie Julie und die Stimmen zweier Männer, die ihr befahlen, oben zu bleiben. Mit überflüssigem Ansturmgehabe eroberten die beiden Polizisten die Lagerhalle und kamen mit den Pistolen im Anschlag langsam zum Warenlift herüber.

Als Francisco die beiden Polizisten auf ihn zukommen sah, stand er auf, hob die Arme weit über seinen Kopf in die Luft und sah aus wie ein Häuptling beim Gebet.

«Ich bin Francisco Fantastico», sagte er, «ich wurde am 2. August 1946 in Lissabon geboren, und ich habe eben diesen Mann getötet.» Dann ließ er die Arme sinken und kreuzte die Hände vor seinem Bauch.

VII

So oder so ähnlich hat Jean mir die Geschichte erzählt. Ich begegnete ihm ein paar Monate nach dem Ereignis zufällig und ohne gleich zu begreifen, wer er war. Die ganze Stadt hatte damals vom Mord des vierundfünfzigjährigen Portugiesen an seinem Vorgesetzten gelesen. Aufgrund eines ähnlichen Falls, in dem ein afrikanischer Verkaufsangestellter eines Warenhauses seinen Abteilungsleiter erstochen haben soll, hatte die Regionalzeitung den Fall noch mal aufgegriffen und sogar einen Titelaushang dazu gemacht. Das gab nicht nur in unserem Treppenhaus zu reden. Als ich in der Rue de Carouge die Bäckerei mit den besten Croissants der Stadt betrat, redete eine ältere Frau gerade empört auf die Verkäuferin ein und zischte abschätzige Bemerkungen über mörderische Ausländer. Ein zweiter Kunde stand unbeteiligt hinter ihr, ein Mann um die fünfzig, der, die Hände in den Manteltaschen, die Auslage in der Vitrine betrachtete und wartete, bis er bedient wurde. Ich wusste sofort, dass die Frau über die beiden Mordfälle redete, und da es sich bei einem der Täter um unseren Nachbarn handelte, interessierte es mich, was sie über ihn sagte. Aber viel mehr als rassistische Dumpfheit hatte sie nicht auf Lager. Und als sie nicht aufhören wollte, auf die Verkäuferin einzureden, reizte es mich, sie in ihrem scheußlichen Monolog zu unterbrechen.

«Ich war zufällig sein Nachbar», sagte ich.

«Da haben Sie aber Glück gehabt, Monsieur. Seien Sie froh, dass Sie noch am Leben sind! Bei so einem weiß man ja nie! Ein Scheusal ist so einer.»

«Da muss ich Ihnen widersprechen, Madame. Ich habe mehrere Jahre mit ihm im selben Haus gelebt, und er war immer sehr freundlich und zuvorkommend. Etwas schüchtern vielleicht und, ich glaube, auch ein bisschen einsam. Irgendwas muss doch passiert sein. Er hat sich ja auch sofort der Polizei gestellt.»

«Sie sollten sich schämen, junger Mann», zischte die Frau wieder und nahm die Papiertüte mit den Croissants. «Ein Mörder gehört verurteilt, und ich sehe nicht ein, warum unser Staat sich noch weiter um so jemanden kümmern soll. Auf Wiedersehen.»

Dann trat sie zur Tür hinaus, und die kleine Ladenglokke begleitete scheppernd ihren Abgang. Der Mann vor mir kaufte ein Roggenbrot und bezahlte mit gesenktem Blick, sagte kaum hörbar au revoir und verschwand. Die Verkäuferin wiegte besorgt den Kopf, wollte etwas sagen, es fiel ihr aber offensichtlich nichts Passendes ein, oder sie hatte Angst, sich mit mir in dieser Angelegenheit ebenfalls nicht zu verstehen, und ließ es beim Schweigen. Ich zahlte die Croissants und spazierte die Rue de Carouge hinunter. Es war Samstag, meine Frau war mit den Kindern zu Hause, hatte den Tisch bestimmt schon gedeckt und wartete auf die Croissants. Es sollte ein ruhiger und entspannter Tag werden. Ich genoss die Frische, den blauen Herbsthimmel und die paar Schritte bis nach Hause.

«Entschuldigen Sie!», hörte ich plötzlich eine Stimme hinter mir und drehte mich um. Vor mir stand der Mann von vorhin. Jetzt, wo ich ihn direkt anschaute, sah ich sein Gesicht erst richtig. Ein etwas hagerer, gräulich wirkender Mann, der misstrauisch aus unzähligen Gesichtsfalten hervorschaute.

«Sie sind sein Nachbar?», fragte er und starrte mich weiter besorgt an.

«Der Nachbar des Portugiesen?»

«Ja.»

«Ja, der bin ich, oder der war ich jedenfalls, inzwischen ist er ja in Haft. Kennen Sie ihn?»

«Ich möchte mit Ihnen reden», sagte er schnell und schaute sich um.

«Worum geht es?»

«Können wir uns kurz irgendwo hinsetzen?»

«Ist es so dringend? Meine Frau und meine Kinder warten zu Hause, wir wollen frühstücken.»

«Nur fünf Minuten. Bitte.»

Wir setzten uns ins Bisquotte und bestellten Kaffee. Er stellte sich mir als Jean vor, und kaum standen die Tassen vor uns, begann er wirr durcheinander zu reden. Ich musste ihn mehrmals unterbrechen und nachfragen, bis er eine geordnete Reihenfolge hinbekam. Seine atemlose Erzählung zog mich so in ihren Bann, dass ich die Croissants, meine Frau mitsamt den Kindern und den ganzen restlichen Tag vergaß. Jean redete, ohne auch nur einmal abzusetzen, und erzählte die ganze Geschichte bis zum Mord, als wäre es eine seit Jahren herbeigesehnte Beichte.

Nachdem er berichtet hatte, wie er zusammen mit Francisco auf dem Polizeiposten gewesen war, um als Zeuge auszusagen, verstummte er und starrte in seinen längst kalt gewordenen Kaffee.

Ich war so verblüfft und überwältigt von der unerwartet über mich hereingebrochenen Geschichte, dass ich einfach nur dasaß und ihn anstarrte. Jean schaute in seinen kalten Kaffee, dann hob er den Kopf.

«Jetzt brauch ich ein Bier», sagt er und hielt nach der Kellnerin Ausschau. Ich wartete, bis das Bier auf dem Tisch stand.

«Und was ist mit António?», fragte ich, nachdem Jean den ersten Schluck genommen hatte. Er nahm sofort einen zweiten.

«Ich habe ihn zum Flughafen gebracht.»

«Er ist wieder zurückgeflogen?»

Jean ließ den Kopf sinken.

«Einfach so? Er hat doch immerhin jemanden umgebracht.»

«Fragen Sie nicht weiter, junger Mann. Ich habe ihn zum Flughafen gebracht, und er ist nach Lissabon zurückgeflogen.»

«Warum erzählen Sie mir das alles? Francisco ist unschuldig, das sollten Sie der Polizei erzählen!»

«Ich habe Francisco ein Versprechen gegeben», sagte er und nahm wieder einen Schluck Bier. Er sah jetzt gelöster aus, etwas Farbe war in sein Gesicht gekommen, und die Falten sahen milder aus. Er griff in seine Westentasche und zog eine Kassette und einen Umschlag heraus. «Ich habe eine Bitte an Sie.» Er legte die Kassette auf den Umschlag und schob mir beides über den Tisch.

«Das ist für António.»

«Für António, aha.»

Ich schob die Kaffeetasse zur Seite, ließ die beiden Sachen aber vor mir liegen.

«Ja.»

«Und was ... was soll ich damit?»
«Es würde mir sehr helfen, wenn Sie ihm den Brief und die Kassette überbringen könnten.»
«Ihm überbringen? Ich?»
«Ja, Sie.»
«Warum gerade ich? Und was ist das für ein Brief?»
«Der Brief ist von Francisco. Fragen Sie nicht weiter. Er hat ihn mir gegeben mit der Bitte, ihn António zukommen zu lassen. Aber ich glaube, es wäre zum jetzigen Zeitpunkt sehr ungünstig, wenn ich nach Lissabon fahren würde. António wäre sofort misstrauisch. Also, was ist?»
Ich schaute ihm einige Sekunden in die Augen und versuchte herauszufinden, was ich davon halten und was diese Bitte bedeuten sollte, aber ich konnte dem klaren, ruhigen Blick, der mich jetzt wartend fixierte, nichts entnehmen.
«Hat das etwas mit Felipe und dem vermeintlichen Unfall zu tun?»
Jean ließ von meinem Blick ab und betrachtete sein Bier. Nach einer Weile erst schaute er wieder hoch.
«Bitte, stellen Sie keine weiteren Fragen. Sie werden es mir nicht glauben, aber es ist trotzdem so: Ich selbst weiß genauso wenig wie Sie, was in diesem Brief steht. Also weiß ich auch nicht, ob es etwas mit Felipe zu tun hat. Vielleicht ist es so, vielleicht auch nicht. Er hat mir auch nicht gesagt, was in jener Nacht, in der Felipe anscheinend verunglückt ist, tatsächlich passiert ist. Es ist sein Geheimnis. Und vielleicht will Francisco dieses Geheimnis mit seinem Sohn teilen. Vielleicht - vielleicht auch nicht, wir wissen es nicht. Es ist eine Sache unter den beiden, und dabei sollten wir es bewenden lassen.»

«Und warum gerade ich?»

«Ich habe Sie vorhin in der Bäckerei reden hören. Ich weiß, es ist sehr unvorsichtig von mir, das alles einem wildfremden Menschen zu erzählen. Aber ich war in Not, junger Mann, ich hatte keine Ahnung, wie ich diesen Brief António zukommen lassen sollte. Nun wissen Sie alles und verstehen vielleicht auch, warum Sie und niemand sonst diesen Brief nach Lissabon bringen kann.»

Ich nahm den Umschlag und die Kassette in die Hand, drehte die Kassette um. AS SENHORAS DO FADO stand auf dem Rücken.

«Und was ist das für eine Kassette?»

«Die hat António bei mir liegen gelassen. Ich nehme an, es ist Franciscos Kassette. Wie gesagt, es sind alte Aufnahmen berühmter Fado-Sängerinnen. Ich wollte Sie Francisco geben, aber er meinte, sie gehöre nun António.»

Ich legte die beiden Sachen wieder vor mich auf den Tisch.

«Gut», sagte ich, «ich fahre nach Lissabon.»

Jeans Gesicht hellte sich auf, zum ersten Mal sah ich ihn lächeln.

«Aber unter einer Bedingung.»

«Die wäre?»

«Wenn ich wieder zurück bin, möchte ich, dass Sie mich zu einem Besuch ins Gefängnis begleiten.»

Jean maß mich mit einem schwer zu deutenden Blick und winkte die Kellnerin heran.

«Ich rufe Sie an», sagte er und legte ein paar Münzen auf den Tisch.

«Sie wissen ja, wo ich wohne», sagte ich und folgte ihm auf die Straße hinaus. Er gab mir die Hand und mischte sich unter die Menschen, die sich bei der Tramhaltestelle am Rond-Point de Plainpalais tummelten. Etwas benommen überquerte ich die Straße. Als ich mich noch einmal nach ihm umwandte, war er bereits verschwunden.

 Seither habe ich ihn nicht wieder gesehen. Schon als ich in den Hauseingang trat und auf den alten Lift wartete, konnte ich es nicht mehr glauben, dass das, was dieser Mann mir eben erzählt hatte, wirklich passiert sein sollte. Und als ich im Lift die Treppenstufen an mir vorbeiziehen sah, hatte ich plötzlich das Gefühl, als ob hier eine seltsame Verwechslung stattgefunden habe, und ich fragte mich, ob unser Nachbar tatsächlich dieser Francisco war, von dem wir gesprochen hatten. Aber trotz allen Zweifeln hatte ich den Brief und die Kassette in der Hand, die ich nun zusammen mit den Croissants in die Wohnung trug. Meine Frau war mit den Kindern bereits irgendwo unterwegs, und ich wunderte mich, dass sie, statt verärgert auf mich zu warten, nur einen Zettel auf dem leeren Tisch hinterlassen hatte. Sind auf dem Flohmarkt stand drauf. Ich warf die Croissants auf den Tisch und legte die Kassette ein. Nach ein paar Sekunden erklang die Musik, die wir bis vor ein paar Monaten noch durch die offenen Fenster gehört hatten. Es war seltsam, diese Musik nun aus dem eigenen Kassettengerät zu hören, und zum ersten Mal lauschte ich diesen grandiosen Stimmen, als würde ich durch sie etwas mehr über die Geschichte erfahren, die ich gerade über unseren Nachbarn erzählt bekommen hatte. Auf der Innenseite der Kassettenhülle waren die Namen der Sängerinnen zu lesen: Maria Alice, Amália Rodrigues, Maria Teresa de Noronha, Madalena de Melo, Adelina Fernandes, Celestina Luisa, Dina Teresa, Maria Emilia Ferreira, Ermalinda Vitoria. Und ganz unten, etwas abgesetzt von den restlichen Namen: Maria.

Der Flughafen wirkte leer und verlassen, als wir zusammen mit den anderen Passagieren durch die ausgeleuchteten Gänge zur Gepäckausgabe gingen. Schweigendes Warten in der Schlange vor der Passkontrolle, EU-Schalter und «Übrige», die leidige helvetische Frage, kreisende Koffer auf dem Förderband. Wir wechselten hundert Schweizer Franken in Escudos, fragten nach dem Bus. Es ist Februar und warm wie im April. Die Sonne brannte auf unsere bleichen Winternakken. Jetzt, zwei Tage später, sitzen wir auf der kleinen Terrasse eines Cafés zwischen den Treppen von Alfama. Über den Dächern kreuzen sich Kranenarme, die sich vom Hafen heraufstrecken und im Dunst der Abenddämmerung hin und her bewegen wie in einem stummen Dialog.

Wir hatten es uns leicht gemacht und waren im erstbesten Hotel an der Praca da Figueira abgestiegen: muffig riechende Decken, halb erblindeter Spiegel, kleines Lüftungsfenster in den Hinterhof, Motorenlärm der Klimaanlage im Parterre. Wir legten unsere Sachen ab und marschierten los. Es war nicht schwer, den Laden ausfindig zu machen. Die Rua Diário de Notícias ist eine zentrale Straße des Bairro Alto. Es war früher Nachmittag; der Laden noch geschlossen. Die Wärme stieg allmählich aus allen Ritzen, drückte auf die Stirn, trieb den Schweiß aus den Poren. Wir schlenderten die Straße hinunter, an den Läden und Cafés vorbei, das grelle, fast beißende Licht in den Augen, die leuchtenden Fassaden. Ein paar wenige Menschen huschten über die Pflastersteine und verschwanden in den Treppenaufgängen,

Kellergewölben und Hinterhöfen. Als ich zurückkam, war der Laden inzwischen geöffnet worden, und ich sah António dort an der Theke stehen. Die Beschreibung, die Jean mir von ihm gegeben hatte, reichte zwar nicht aus, um ihn auf Anhieb zu erkennen, aber ich war mir sicher. Er schaute herüber. Er konnte mich nicht erkennen, er wusste von nichts, ich war ein Tourist unter anderen. Er räumte Gläser ab und wischte die Theke mit einem Lappen. Ich trat ein und schaute mich um. Am Kleiderständer schob ich die Mäntel etwas auseinander und musterte zwei davon genauer. Es waren alte Filzmäntel, Armeekleidung, Schafpelzjacken aus den Siebzigern. Hinten standen die zwei Frisierstühle vor den großen Wandspiegeln und wirkten in ihrer Verdoppelung etwas verloren. António räumte die Gläser in die Küche hinaus. Ich war allein. Allein mit meiner Geschichte, dem Brief in der Tasche, allein mit der Stille dieses Nachmittags. Ein junges Paar trat ein. Sie sprachen Französisch miteinander, bestaunten die Mäntel, fanden eine alte Platte von Brook Benton, empörten sich über den hohen Preis, kauften sie trotzdem. António lächelte freundlich, kassierte das Geld und wandte sich dann einem Stapel alter Jeans zu, sortierte die Größen. Ich blätterte die Plattensammlung durch und überlegte, wie ich es anstellen sollte. Aber noch bevor ich auf eine Idee gekommen war, trat Silvio aus der Küche in den Laden, küsste António auf die Wange und brachte seinen Frisiertisch in Ordnung. Ich verstand die beiden in ihrer Sprache nicht und sah gerade noch, wie António Silvio zuwinkte und zur Tür hinaus verschwand. Ich stürzte hinaus und folgte ihm die Rua Diário de Notícias hinunter. Fast am Ende bog er in eine kleine Gasse ein, die zu einer

Treppe führte. Ein Mädchen stand dort an der Schwelle einer Haustür, eine kleine Puppe vor sich, die sich zu einer kurzen Melodie um sich selbst drehte. Der kleine, etwas zerfranste Rock glitzerte in der Sonne, das harte Plastikgesicht war mit Filzstift bemalt. António war schnell an ihr vorbei und oben in eine andere Straße eingebogen. Ich hastete hinterher, verlor ihn aber aus den Augen. Die Straße war leer. Ein Motorrad brauste heran und verschwand hinter mir. Unten drehte sich noch immer die Puppe zur Musik, und das Mädchen drehte sich um die Puppe. Es schaute zu mir hoch, als hätte sie mein absurdes Unterfangen durchschaut. Ich stieg die Treppe hinunter, zurück in die Rua Diário de Notícias.

Meine Frau hatte in einem Café auf mich gewartet und wunderte sich schon. Ich war mit der Begründung, nur schnell ein paar Platten anschauen zu wollen, in den Laden getreten. Ich wollte es hinter mich bringen, und nun saß ich an dem kleinen Cafétisch und hatte den Brief noch immer in meiner Tasche. Ich wollte es gegen Abend noch einmal versuchen.

In Alfama glaubte ich das Haus gefunden zu haben, das noch immer verlassen und halb eingefallen mitten im Altstadtviertel stand. Zwei Tore führten in den ovalen Innenhof, der mehrere Häuser miteinander verband. Aber nur das eine verfallene Haus hatte den Haupteingang auf diesen kleinen Platz hinaus. Über weite Strecken waren die Mauern und Holzverschalungen, die auf der Westseite zur Sicherheit angebracht worden waren, von Graffiti überdeckt. Ein farbiges Band zog sich durch das Bild, eine Katze schlich der Mauer entlang, schaute mit alertem Blick herüber und verschwand im Gras, das die Pflastersteine überwucherte.

Als ich später noch einmal im Laden vorbeiging, war António nicht da. Silvio kämmte einem Mädchen das lange schwarze Haar, und an der Theke war eine kleine Blonde mit Nasenring. Ich stellte mich vor sie hin und sprach sie auf Englisch an, dann auf Französisch, was ich besser konnte. Ja, sie kannte António, er war heute Nachmittag da. Ob er diesen Abend noch einmal kommen würde, wusste sie nicht. Ich bedankte mich. Ich war schon fast zur Tür hinaus, als sie mich zurückrief und mir einen kleinen Zettel über die Theke schob, auf den sie den Namen eines Restaurants gekritzelt hatte. Es lag nur ein paar Straßen weiter. Seit ein paar Wochen arbeitete Antónios Freundin dort.

Halb auf der Straße, halb in der Tür wurden wir vom Kellner empfangen, der uns durch den Raum an den noch leeren Tischen vorbeiführte. Am hintersten Tisch saß ein Paar vor Oliven und Weißwein. Erst als ich mich gesetzt hatte, sah ich António am gegenüber stehenden Tisch, mit einem Mädchen. Er hielt ihr Hände und hörte ihr zu. Wir bestellten weißen Porto und Oliven als Aperitif, blätterten uns durch die Karte, ohne etwas zu verstehen. Nach und nach füllte sich das Restaurant, und Antónios Freundin musste an die Arbeit. Sie war Kellnerin und hatte die vorderen Tische zu bedienen. In der Mitte des Raumes baute sich eine kleine Begleitband für den Fado auf. Zwei Sängerinnen erhielten den Tisch an ihrer Seite. Ich stand auf und ging zu António hinüber. Er saß unterdessen allein vor einem Glas Bier und schaute dem beginnenden Spektakel zu. Ich sprach ihn auf Französisch an.

«Entschuldige, darf ich dich kurz stören?»

«Tut mir leid, ich rauche nicht», sagte er und schaute mich etwas erstaunt an.

«Nein, es geht um etwas anderes, darf ich mich setzen?»

«Nimm Platz.»

Ich setzte mich. Nebenan wurde Wein serviert und gelacht. Ich musste ziemlich laut reden, was mir etwas peinlich war.

«Ich komme aus Genf», sagte ich, «Jean schickt mich.»

«Jean? Wer ist Jean?»

Ich schaute ihn an, aber er wich meinem Blick keine Sekunde aus. Ich wartete. Nebenan ging eine neue Lachwelle los. Ich hätte den Augenblick nicht dümmer wählen können.

«Wer schickt dich?», fragte er, da ich nichts mehr sagte.

«Jean. Jean aus Genf.»

«Ich kenne keinen Jean in Genf.»

Ich versuchte die Temperatur seines Blicks zu messen.

Aber in seinen Augen war nur ein fast belustigtes Staunen.

«Der Freund deines Vaters.»

«Ach so!», rief er, jetzt sichtlich erleichtert, da er den Zusammenhang verstand, «du kennst meinen Vater?»

«Ja, das heißt nicht wirklich, er war mein Nachbar.»

«Dein Nachbar? Aber wer ist Jean?»

«Ein Freund, ich weiß, dass du ihn kennst, er hat mir das hier für dich mitgebracht.»

Ich nahm den Brief und die Tonbandkassette aus der Tasche und legte beides vor ihn auf den Tisch.

«Was ist das», sagte er im Ton einer Feststellung. Dann riss er den Brief auf, überflog ihn kurz und steckte ihn wieder in den Umschlag.

«Können wir uns morgen sehen?», fragte er.

«Wenn du willst.»

Er gab mir die Adresse einer kleinen Terrasse in Alfama und entschuldigte sich.

«Es ist so laut hier, lass uns morgen reden.» Und noch bevor ich etwas sagen konnte, hatte er sich an den Gästen vorbei zur Tür gedrängt und verschwand.

Ich setzte mich an meinen Platz zurück, wo das Essen schon vor ein paar Minuten serviert worden war. Die Sängerinnen hatten ihre ersten Lieder hinter sich, und der Wirt kündigte nun einzelne Gäste an, die zwischen Vorspeise und Hauptspeise, zwischen Hauptspeise und Dessert ihre vokale Kunst vortrugen, mit gefalteten Händen und geschlossenen Augen von unerwiderter Liebe sangen, von Eifersucht und Sehnsucht, von der Anwesenheit in der Abwesenheit, der Saudade.

Von der Terrasse aus, die António mir beschrieben hatte, konnte man den ganzen Tejo überblicken. Die Stadt breitete sich vor uns über den Hang aus, im Rücken das Castelo São Jorge. Er war pünktlich und allein. Wir standen an der Balustrade und schauten eine Weile lang stumm auf die Stadt.

«Weißt du», sagte António schließlich, «ich bin nie in Genf gewesen.»

Ich schaute ihn an und versuchte zu verstehen, was er mir sagen wollte.

«Ich wusste nur, dass mein Vater dort lebt, aber ich habe ihn nie besucht. Hin und wieder hat er Karten geschickt, Ansichtskarten von Genf, auf denen stand, dass er gesund sei und so, hat sich nach uns erkundigt. Ich weiß, dass er es sich sehr wünschte, dass ich ihn mal besuchte. Ich hatte es mir auch mehrmals vorgenommen. Nach dem Schulabschluss zum Beispiel, aber dann kam immer wieder was dazwischen. Und schließlich verstehe ich nicht, warum er sich nie wieder hat blicken lassen. Ich dachte immer, seine Kinder seien ihm egal.»

António sprach ruhig und in erklärendem Ton, als sei das, was er mir erzählte, eine bloße Sachlage, die ich sofort einsehen würde. Ich ließ ihn reden und überlegte, warum er mich anlog. Wir stiegen die Treppen hinunter zum Landesteg, wo er mir vorschlug, mit der Fähre nach Cacilhas zu fahren. Ein schwimmender Tanker mit zerkratzten Plexiglasscheiben brachte uns über den Tejo in den Hafen, den wir von der Terrasse aus durch den Dunst und das diesige Licht nur vage hatten erkennen können. Als wir ausstiegen, wirkten die Kranenhälse und Frachtschiffe gigantisch. Ein Wirrwarr feinster Mechanik, endloser Verdrahtung und Vernetzung. Die anderen Fahrgäste steuerten zielstrebig zu ihren Autos oder schwangen sich auf Motorräder und verschwanden in den Gassen. Wir folgten einer Gruppe von Arbeitern und schlenderten die breite Straße hinauf. Hier war António aufgewachsen, und hier wohnte noch immer seine Mutter. Die Läden waren bereits geschlossen. Nur vor zwei Restaurants standen Tische und Stühle. Etwas weiter landeinwärts folgten die Plattenbauten, die leeren, grauen Puffer zwischen den Fassaden. Das Einzige, was diese Wohnblocks von Plattenbauten des Berliner Ostens unterscheidet, ist das Licht, das sich zwischen die Fugen zwängt und jede aufkommende Depression wegzubrennen scheint. Übrig bleiben Zeichen, die die Wirkung einer beschaulichen Melancholie haben.

Im Bus fuhren wir quer durch die angrenzenden Quartiere und gingen ein Stück zu Fuß. Zwischen den Wohnblocks lag ein weites Feld brach, eine Steppe, in der ein Haus allein stand, etwas verloren, umzäunt von drei Straßen. Wir standen etwa einen halben Kilometer davon entfernt am Rand einer Villensiedlung, die sich mit verschlossenen Fenster- und Türläden gegen die schräg einfallende Abendsonne sicherte. An dem kleinen, einsamen Haus hängte jemand Wäsche an eine Leine vor dem Fenster, was ich durch das Zoom des Fotoapparates beobachten konnte. Die plötzliche Nähe erschreckte mich, und ich ließ den Apparat sinken. Die Felder wirkten vernachlässigt, am unteren Rand bei der Straße hatte sich Müll angesammelt.

«Dort drüben in dem Haus ist mein Vater aufgewachsen», sagte António. «Meine Großmutter hat noch ein paar Jahre darin gelebt, dann wurde das Haus verkauft.»

Hier stimmten Antónios Aussagen wieder mit dem überein, was Jean mir in Genf erzählt hatte. Er selbst kenne die Gegend nicht, hatte Jean mir erklärt, er sei noch nie in Lissabon gewesen, aber vom Christus, der an der Brücke des 25. April steht und Almada und dem Quartier Cacilhas den Rücken kehrt, davon habe Francisco erzählt, habe sich darüber sogar lustig gemacht. Im Rücken des Sohnes des Allmächtigen lasse sich besser leben, habe er gesagt, ungeschorener. Wo Big Brother nicht hinschaut, ist es lustiger, auch wenn eine Straße neben die andere gelegt wird, wenn Hochhäuser und Kasernen wie Monumente in den Boden gepflanzt werden. Wo einmal Schafe weideten, kreuzen heute unaufhörlich Busse und Lastwagen. Wo einmal Mais und Korn wuchsen, werden Löcher geschaufelt und Fundamente für die nächsten zehn Generationen gelegt.

Wir gingen die Straße zu Fuß wieder hinunter bis zur nächsten Bushaltestelle. Auf der Brücke des 25. April machte ich aus dem Bus heraus ein Foto von dem am Hang liegenden Häuserhaufen Lissabons, in den wir uns kurz darauf hinein wühlten.

Der Platz war groß und laut, wir standen auf dem Mittelstreifen des Boulevards und ließen die Autos an uns vorbeirauschen. Wir überquerten die Fahrbahn und sahen weiter unten ein paar Leute, die alle ein Likörglas in der Hand hielten, und an der gegenüber liegenden Hauswand stand einer mit Gitarre und Hund, neben ihm ein stoppelbärtiger Kollege in zerschlissener Jacke und mit verfilztem Haar. Die Akkorde klangen leicht schief, und der Bärtige legte einen tragischen Gesang darüber. Die Männer stießen an, kippten die Gläser und redeten gestenreich, während sie den Musikanten belustigte Blicke zuwarfen. Wir stellten uns dazu und holten ein Glas Kirschlikör aus der kleinen Bar, die eigentlich ein Laden war.

António wusste, dass er hier seine Freundin Amália antreffen würde. Sie arbeitete nicht nur im Restaurant, sondern hin und wieder auch in diesem kleinen Likörladen. Er stellte sie mir vor, und Amália streckte mir ein Glas entgegen.

«Wir bekommen ein Kind», sagte António mit strahlendem Gesicht, als wir anstießen. «Sie ist im vierten Monat!»

Amália lachte und versuchte ihren Stolz zu verbergen.

Wir tranken und hörten dem Gesang auf der Straße zu, der von verschollenen Seemännern, verlassenen Jungfrauen und enttäuschten Sehnsüchten handelte. Wie hypnotisiert starrten wir zu dem Paar mit Hund hinüber, und ich konnte mir nicht mehr vorstellen, dass António einen Menschen umgebracht haben sollte.

Das war gestern. Ich trinke das Glas Wasser aus. Das Licht ist sanfter geworden und taucht die Häuser in ein milchiges Weiß. Die alte Trambahn ächzt und knarrt an der Terrasse vorbei und verschwindet zwischen den Häusern von Alfama. Dann ist es wieder ruhig. Die anderen Gäste haben bezahlt und sind aufgestanden. Weiter unten spielen Kinder Fußball. Auf der anderen Seite des Tejo bewegen sich dünne Schatten im Dunst, Frachtschiffe zeichnen sich undeutlich ab, die Werft Lisnave bei Margueira. Es ist fünf Uhr nachmittags. Fünf Uhr nachmittags im Februar in Lissabon. In drei Stunden sind wir in Genf. Ich stehe auf und packe meine Sachen zusammen. In der Tasche steckt noch immer Franciscos Kassette, die António mir überlassen hat, mit der krakeligen Aufschrift: *AS SENHORAS DO FADO*.

Die Arbeit an diesem Buch fand die freundliche Unterstützung der Kulturstiftung Pro Helvetia. Der Autor dankt ganz herzlich. Ein spezieller Dank gilt Inés de Medeiros für ihre hilfreichen Auskünfte und Ratschläge.

Urs Richle, 2001 und 2012